聖剣学院の魔剣使い14

志瑞 祐

MF文庫J

Contents

Demon's Sword Master of Excalibur School

口絵・本文イラスト：遠坂あさぎ

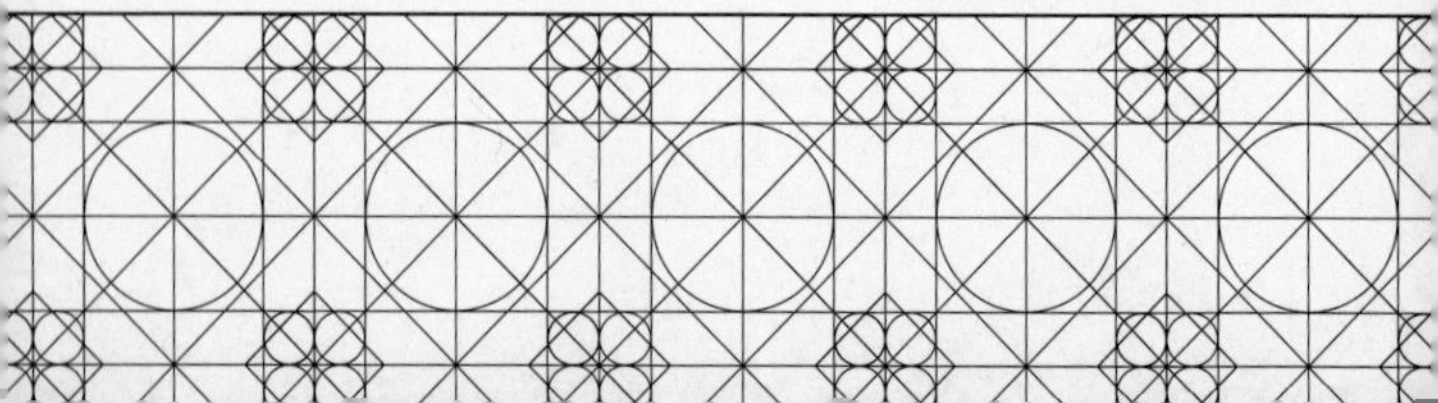

第一章　EXCALIBUR.XX(エクスキャリバー・ダブルイクス)

Demon's Sword Master of Excalibur School

ゴッ——！

「あ痛(いた)っ……！」

落下の衝撃で、リーセリアは目を覚ました。

「……～っ、うう……ん……」

呻(うめ)き声(ごえ)を漏らしつつ、ゆっくりと目を開ける。

ふぁさっと床にひろがる白銀の髪。

最初に網膜に飛び込んできたのは、天井に設置された魔力灯の明かりだった。

「ま、眩(まぶ)しい……」

昼夜に関係なく部屋を明るく照らし出すその光は、彼女がほんの少し前までいたあの世界には、存在し得なかったテクノロジーだ。

「……夢、じゃないわよね？」

呟(つぶや)いて、リーセリアは拳をぎゅっと握りしめた。

〈聖剣〉を握るレオニスの手に、重ねた指先。

……その感触が、まだ残っているような気がした。

こめかみを押さえつつ、ようやく身を起こすと、あたりを見回す。

飾り気のない殺風景な部屋に、清潔なシーツのかけられたベッドが並んでいる。

（……ここは？）

……どこか、軍施設の救護室のようだ。

（……ええっと、地下通路の途中で倒れていたはず、よね？）

頭の鈍痛をこらえつつ、はるか過去の記憶を必死に思い出そうとする。

なにしろ、あの世界に飛ばされて、体感時間では数ヶ月（すうかげつ）も過ぎているのだ。

（……そう、わたし、地下でフィーネ先輩と――）

〈ヴォイド〉の巣と化した、〈第〇四戦術都市（フォース・アサルト・ガーデン）〉奪還作戦の最中。〈都市統制塔（コントロール・タワー）〉へ向かったリーセリアと咲耶（さくや）は、〈魔剣〉の力に蝕（むしば）まれたエルフィーネと遭遇し、交戦。

漆黒の結晶を打ち砕き、彼女を解放することに成功した。

その後、レギーナたちと合流するため、地上へ向かったリーセリアは、虚無の力を振るう司祭、ネファケスの襲撃を受けたのである。

強大な〈ヴォイド・ロード〉に変貌したネファケスに、敗北を覚悟した、その時。

リーセリアの中で、彼女が眼（め）を覚ました。

ロゼリア・イシュタリス――自身を〈女神〉と名乗る少女が。

〈聖剣〉の真の力を解放し、圧倒的な力でネファケスを滅ぼしたその少女は、リーセリアの魂を、一〇〇〇年前の世界に送り込んだ。

使命を果たして欲しい――と、そう告げて。

そして――

（……その世界で、わたしはレオ君に再会した）

そこで、彼女とレオニスは数ヶ月の間、絆を育み――

〈魔王〉との戦いの最中、彼の中に眠る〈聖剣〉の力を目覚めさせたのだった。

「……っ！」

再び激しい頭痛に襲われ、リーセリアはこめかみを押さえた。

……ここは、どこなのだろう？

ベッドの手摺りを掴み、部屋を見回す。

棚に並ぶ薬の瓶は、〈聖剣学院〉の医療講習で習った、見覚えのあるものだ。

（少なくとも、過去の世界じゃないのは、間違いないみたいだけど……）

確かめなければならないことは、たくさんある。

リーセリアを過去の時代に送り込んだ、〈女神〉のこと。

〈第〇四戦術都市〉の奪還作戦はどうなったのか。地下ではぐれた咲耶は、レギーナたちは無事だろうか。

そして、最も気がかりなのは――

（フィーネ先輩は、無事なの……？）

彼女はもう、意識を取り戻しただろうか。それとも——

そもそも、過去に飛ばされたあの時点から、どれほどの時間が経過したのだろう。

「そうだ、端末……！」

ハッとして、リーセリアは端末を取り出した。

スリープモードを解除し、日付と時間を確認する。

「ええっと……」

帝国標準時間一四〇〇(ヒトヨンマルマル)。

日付は、〈第〇四戦術都市(フォース・アサルト・ガーデン)〉奪還作戦、当日のものだ。

（……二時間くらいは、経過しているわね）

次に周辺マップを確認する。

「第Ⅳエリアの要塞……レギーナたちとの合流予定の場所だわ」

——ということは、誰かがここに運んでくれたのだろうか。

（咲耶(さくや)？　いえ、もしかして、エルフィーネ先輩が……）

——と、その時。

「——使命を、果たしてくれたんだね、リーセリア・クリスタリア」

「……っ!?」

声のした頭上を振り仰ぐと――

いつのまにか、あの〈女神〉と名乗る少女――ロゼリアの姿があった。

「あ、あなた――は……！」

夜を編んだような射干玉(ぬばたま)の髪と、日輪の輝きを宿した金色の瞳。

神秘的な淡い燐光(りんこう)を全身に纏(まと)い、虚空(こくう)に浮かんでいる。

「因果の糸は紡がれた」

ロゼリアはふっと微笑(ほほえ)むと、ゆっくりと目の前に降りてきた。

「――一〇〇〇年前の因果律の極点で、君はみごとに使命を果たしてくれた。勇者レオニスと絆(きずな)を結び、彼に〈聖剣〉の力を目覚めさせた」

「……～っ、あ、あのっ！」

リーセリアは頬(ほお)を膨らませ、ロゼリアを鋭く睨(にら)んだ。

「わたしが見てきた過去の世界、あれは、夢とか幻じゃ、ないんですよね？」

「うん、それは君が一番よく知っているはずだよ」

穏やかな表情で返されて、リーセリアは口をつぐむ。

「……っ、いろいろと聞きたいことはあるけど――フィーネ先輩は無事なんですか？」

「彼女は、君が旅立ったすぐ後に目覚めたよ。君をここに運んでくれたのは、彼女だ」

「無事、だったんだ……よかった」

ほっと安堵の息をつくリーセリア。

「ほかの仲間も無事だよ。君の大切なメイドも、〈桜蘭〉の剣士もね」

「……ど、どうして、レギーナや咲耶のことまで……」

「目覚めた時に、君の記憶も引き継いだ。八歳までおねしょをしていたね？」

「……～っ、なっ!?」

「そう睨まないでくれ。君の記憶を持っているという証明になっただろう？」

「そ、そうですけど。レギーナしか知らない秘密なのに……」

リーセリアが涙目で目の前の女神を睨んでいると、

「さて、目を覚ましたばかりのところ悪いけど――そろそろ時間がない」

「時間？」

訊き返すと、ロゼリアはふわりと跳んで、リーセリアの身体に重なった。

「ちょ、ちょっと、何を――」

「いまから、レオニスのもとへ、君を連れて行く」

「レオ君のところ？」

「彼はいま、ある強大な敵と戦っている。君の助けが必要だ」

「レオ君が!?」

透き通ったロゼリアの姿が、リーセリアと完全に同化する。

『――これから、彼の戦場に向かう。覚悟はいいかな？』

頭の中に響く、女神の声。

「……」

リーセリアは息を呑み、静かに口を開く。

「レオ君が、ピンチなんですね？」

『ああ。彼はまだ、〈聖剣〉の力に覚醒したばかりだ』

「――わ、わかりました！」

リーセリアは凛とした声で頷いた。

何が起きているのか、本当にこの女神のことを信じていいのか、わからない。

――それでも、心はすぐに決まった。

「レオ君のところに、連れていってください」

『ふふっ、彼のためだと、決断が早いね』

――と、次の瞬間。リーセリアの身体が眩い光に包まれた。

〈ログナス王国〉の遺跡で、シュベルトライテのもとに転移したのと同じ光だ。

『――跳ぶよ』

「……っ⁉」

閃光が爆ぜ、リーセリアの身体は虚空に消失した。

◆

帝国標準時間――一四三〇(ヒトヨンサンマル)。

〈第〇四戦術都市(フォース・アサルト・ガーデン)〉西エリア――第Ⅳ防衛要塞。

『――〈ケイオス・ヴォイド〉の残骸より発生した〈ヴォイド〉を掃討。各部隊は市民を保護しつつ、至急、第Ⅳ防衛要塞に集結せよ』

各エリアに展開した部隊に、通信端末を介して、シャトレス・レイ・オルティリーゼ第三王女の指令が送られた。

損耗した防衛施設の敷地内では、〈ケイオス・ヴォイド〉相手に奮戦した〈聖剣士〉の部隊が、引き続き〈ヴォイド〉の発生を警戒している。

「ふう、ひとまず、後片付けはすんだかな」

咲耶(さくや)が、〈雷切丸(らいきりまる)〉の刃(やいば)を振り下ろしつつ、息を吐く。

崩壊した〈ケイオス・ヴォイド〉の内部から溢(あふ)れた無数の〈ヴォイド〉を、ようやく駆逐したのだった。

「お疲れ様でした、咲耶。獅子奮迅(ししふんじん)の活躍でしたね」

と、そんな咲耶にレギーナが声をかける。

「先輩もお疲れ様。ボクは少し、休ませてもらうよ」

ひらひらと手を振ると、咲耶は建物のほうへ歩き出した。

彼女の背中を見送って、レギーナは防壁のほうに向きなおる。

対〈ヴォイド〉用の堅牢な防壁は、完全に崩壊していた。

甚大な被害だ。しかし、少なくとも、ここでの戦闘で死傷者は出ていない。

もし〈ケイオス・ヴォイド〉の汚泥が、要塞内部に侵入していたら、部隊の全滅は必至だっただろう。

レギーナは汚泥のこびりついた瓦礫の上を、慎重に歩きはじめた。

〈ヴォイド〉の残骸だ。時間が経てば、これも虚空に消えるのだろう。

「あの娘、やっぱり、いませんね……」

瓦礫の隙間に注意深く目を配りながら、心配そうに呟く。

レギーナが探しているのは、レオニスに変装していた、あのメイド姿の少女だ。

〈ケイオス・ヴォイド〉に追われるレギーナたちを守り、逃げる時間を稼いでくれた。

彼女がいなければ、レギーナたちは、要塞にたどり着くことは出来なかっただろう。

「……約束、しましたもんね。ドーナツ作ってあげるって」

無事に逃げ出したのなら、いいけれど。

あのまま、〈ケイオス・ヴァイド〉にのみ込まれてしまったのだとしたら――

──と、その時だ。

瓦礫の下で、なにか反射するものを発見した。

「……っ！」

スナイパーの彼女は目が利く。

積み重なる瓦礫の山を飛び越え、急いで駆け寄った。

「これって……」

瓦礫の隙間に落ちていたのは、投擲用の短刀だった。

古めかしい意匠のほどこされた、黒い刃の短刀。

……間違いない、あのメイド少女の使っていたものだ。

「やっぱり、あの〈ヴォイド〉に呑み込まれて……」

レギーナは短刀の柄をきゅっと握りしめた。

……ここで彼女の短刀が見つかった以上、生存は絶望的だ。

と──

「──そこの人間」

唐突に、背後で声がした。

「……!?」

レギーナが振り向くと。

瓦礫の隙間の影から、ぬっと一人の少女が姿を現した。

そこにいたのは、なんと、あのメイド少女である。

「──メ、メイドさん⁉」

レギーナは声をあげると、短刀を放り出し、メイド少女を抱きしめた。

「むぐっ……な、なにをするの！」

「無事だったんですね、よかったです！」

「は、放しなさいっ──放せ、人間！」

「はわっ⁉」

メイド少女はレギーナの制服を掴み、瓦礫の上に放り投げた。

「い、いたたた……も、もう、なにするんですかー」

「……」

尻餅をつきながら文句を言うレギーナを、少女は冷たい眼で睨んだ。

冷徹な──闇色の眼で。

「馴れ馴れしく我に触れるな、小娘──」

「こ、小娘？　わたしのことです？」

レギーナはむっと頬を膨らませる。

「いま、私は解放されて機嫌がいい。殺されなかったことを感謝しなさい」

メイド少女はくるっとスカートを翻(ひるがえ)し、立ち去ろうとする。

「あ、ちょっと、待ってください！　まだ市内には〈ヴォイド〉の〈巣(ハイヴ)〉が――」

「ふん、あんな塵虫(ごみむし)ごとき……あ……」

振り返った途端。

メイド少女は立ちくらみを起こしたように、ふらっと倒れかかった。

「だ、大丈夫です⁉」

あわてて抱きとめるレギーナ。

くぅ……と、お腹(なか)の鳴る情けない音が聞こえた。

「……くっ、忌々(いまいま)しい……借り物の肉体、で……は……――」

よくわからないことを呟(つぶや)いて、メイド少女はくてっと意識を失うのだった。

◆

〈次元城〉第七十二號(ごう)異空間――〈死都(ネクロソア)〉。

〈不死者の魔王〉の王国を模した、無数の骨の荒野に――

グオオオオオオオオオオッ！

〈竜王〉――ヴェイラ・ドラゴン・ロードの咆哮(ほうこう)が轟(とどろ)き渡(わた)る。

両翼を広げた巨大な赤竜が、機動要塞〈デス・ホールド〉めがけ、熱閃を放った。

ズオオオオオオオオオオオンッ！

真紅の閃光が空を切り裂き、〈デス・ホールド〉の腕部を吹き飛ばす。

均衡を失った髑髏の城がぐらりと傾き、荒野に埋もれた。

しかし、死の要塞の両端に据えられた巨大な髑髏は、一切沈黙することなく、頭上のヴェイラめがけ、極大魔術を唱えてくる。

「――ちっ、頑丈な奴ね！」

本来のレオニスの居城――〈デス・ホールド〉は、機動要塞ではない。だが、いまヴェイラの相手にしているこれは、〈不死者の魔王〉の生み出した超巨大な戦闘兵器なのだ。

「――いい加減、沈みなさいっ！」

砲撃を回避しつつ、ヴェイラは竜語魔術を唱えた。

竜の口腔に無数の爆裂球が生まれ、〈デス・ホールド〉への飽和爆撃を開始する。

ズオンッ、ズオンッ、ズオオオオオオオンッ！

眩い閃光が、夜の荒野を白々と照らし出した。

一方、遙か彼方の荒野では、〈海王〉――リヴァイズ・ディープ・シーが、〈ヴォイド・ロード〉の軍勢を相手取り、激しい戦闘を繰りひろげている。

ヴェイラは眼下の〈デス・ホールド〉を睨み据えた。

この要塞の中で、レオニスと〈不死者の魔王〉が一騎打ちをしている。

いかに頑丈な要塞といえど、その内側で〈魔王〉同士が戦えば、無事ではすまない。

しかし、外部に影響がなさそうなことを考えると、おそらく、〈デス・ホールド〉に更に別の異空間を形成し、そこを戦場としているのだろう。

（――レオ、さっさとけりをつけなさいよね！）

◆

〈デス・ホールド〉内の異空間――玉座の間。

レオニスの脳裏に、これまで存在しなかった記憶が甦（よみがえ）る。

白銀の髪の少女と過ごした、あの日々。

……どうして、忘れていたのだろう？

彼女の与えてくれた、剣の形を。

〈聖剣〉――〈EXCALIBUR.XX（エクスキャリバー・ダブルイクス）〉。

レオニスの手にした剣の光刃が――

〈不死者の魔王〉の全身を呑（の）み込（こ）んだ。

視界を塗り潰す、眩（まばゆ）い閃光。

ほとばしる力の奔流に、不安定化した異空間が軋みをあげる。

「ぐ……お……おおおおおおおっ！」

その強烈な負荷に耐えるように、レオニスは吼える。

〈聖剣〉とは、魂の形を具現化したもの。

〈聖剣学院〉の講義で、何度も聞いた言葉だ。

ゆえに、〈聖剣士〉はなによりも、心が強くある必要があるのだと。

しかし、この〈聖剣〉は――

（……っ、魂そのものを、力に変えている!?）

わずかでも気を抜けば、意識を刈り取られる――

「くっ……う――！」

顎が砕けそうなほどに歯を食いしばり、〈聖剣〉の刃を振り上げた。

〈不死者の魔王〉が咆哮した。

消し飛んだ半身から肉塊が盛り上がり、化け物の腕を生やす。
オ、オオオオオオオオ■■――……■■■■■ッ――……！
〈不死者の魔王〉の顎門から、瘴気と呪詛の声が吐き出される。

広間の床に広がった瘴気が、たちまちレオニスの全身を呑み込んだ。

「……っ、こ……のおおおおっ！」

裂帛の覇気をほとばしらせ、レオニスは瘴気を吹き散らす。

〈EXCALIBUR.XX〉を両手に構え、敢然と踏み込んでゆく。

〈不死者の魔王〉の足もとで、無数の影が持ち上がり、怪物の形を取った。

〈ヴォイド〉化した、アンデッドの〈使徒〉どもだ。

ずるりと這い出てきた虚無の化け物は、レオニスめがけて殺到する。

「――雑魚がっ、俺の前に立つな!」

レオニスは〈聖剣〉を一閃。

ほとばしる光刃が、〈使徒〉の群れを次々と斬り伏せる。

ブラッカスの鎧による支援がなくとも、身体は自然と動いた。

〈EXCALIBUR.XX〉に刻まれた記憶が、思い起こさせてくれた。

それは、〈勇者〉レオニス・シェアルトが、〈剣聖〉シャダルクに学んだログナス王国流の剣術――ではない。

一〇〇〇年前、リーセリアが教え込んでくれた、クリスタリアの剣術だ。

「……レ、オ……――ニス……――」

(……っ!?)

〈不死者の魔王〉が、唸るようにレオニスの名を呼んだ。

新たに生えた化け物の腕が、〈封罪の魔杖〉をかかげる。

黒い太陽が虚空に生まれ、一気に膨れ上がった。

（……っ、極大魔術か！）

第十階梯魔術――〈極大抹消咒〉。

強大な魔力を持つ、〈不死者の魔王〉の極大魔術。

純粋な魔力量では、あちらが遥かに上だ。防御魔術では防げない。

（――させるかっ！）

レオニスは、地を蹴って更に加速した。

影渡りを駆使し、一瞬で〈不死者の魔王〉に肉薄する。

「おおおおおおおおおおっ！」

叫び、レオニスは〈EXCALIBUR.XX〉の刃を突き込んだ。

閃光が爆ぜた。
■■■■■■■■ッッッ――！
〈不死者の魔王〉の咆哮がほとばしる。

髑髏の眼窩の奥で、真紅の光が禍々しい輝きを発した。

「……みごと、だ……〈聖剣〉の……勇……者よ……――」

「……っ!?」

レオニスは眼を見開く。

〈不死者の魔王〉が、言葉を発したのだ。

「そう、か……人間に転生、した……のは、〈聖剣〉の力を得るた、め。骸(むくろ)の肉体、では……叶(かな)わぬ……そのため、の……」

光刃にその骸の身を貫かれながら、〈不死者の魔王〉は哄笑(こうしょう)する。

「……すべて、お前、の紡いだ因果——か、ロゼ……リアよ」

「……!?」

〈不死者の魔王〉の眼(め)は、レオニスではなく、虚空(こくう)のどこかを見ていた。

「しか、し……我は虚無の王……虚無の〈女神〉……の元へ還(かえ)らん——」

骸の肉体が青白い焔(ほのお)に包まれた。

（……っ、これは、〈死爆呪(しばくじゅ)〉!? 俺もろとも自爆する気か！）

自身の存在をすべて魔力に変換し、暴走させる禁呪。

〈不死者の魔王〉が使えば、この〈次元城〉ごと消し飛ぶ。

「く、おおおおおおおおっ！」

レオニスは〈聖剣〉に渾身の力をこめた。

〈不死者の魔王〉を貫く刃(やいば)が、激しい閃光を放つ。

しかし、同時にレオニスの生命力も一気に奪われる。

（……くっ、魂の消耗、が……激しすぎる——！）

〈聖剣〉の使い手とは、これほどの負荷を強いられていたのか。

リーセリアやレギーナ、咲耶たちは、こんな異常な力を使い熟していたのか――

〈聖剣学院〉の〈聖剣士〉は、まず力のコントロールの仕方を学ぶが、レオニスは、今初めて使う、真の〈聖剣〉の力に翻弄されていた。

（……っ、意識……が……――！）

全身の力が抜け、〈EXCALIBUR.XX〉の輝きが失われる。

――と、その刹那。

「――レオ君！」

……声が聞こえた。

聞き慣れた、彼女の声が。

「……っ、セリア……さん!?」

魔力の粒子をその身に纏い、リーセリアが背後に姿を現す。

その指先が、〈聖剣〉の力を握るレオニスの手に、そっと重なった。

（……彼女が、どうしてここに？〈転移〉の魔術だと――？）

無数の疑問が脳裏を駆けめぐる。

「レオ君、イメージを強く持って。あの時みたいに――！」

「……！」

リーセリアの凜（りん）とした声が耳朶（じだ）を打った。

同時に、記憶の中に一〇〇〇年前の、あの日の記憶が鮮明に甦（よみがえ）る。

〈魔王〉ゾール＝ヴァディスを退けた、〈聖剣〉の形が。

白く、白く、白く白く白く白く白く白く――

輝く光刃が、再び激しく輝きはじめる。

オ、オオオオオ……オオオオオオオオオオオッ！

ほとばしる光の中で、断末魔の咆哮（ほうこう）が上がった。

「――そう、か……そこに、いた……のか、ロ……ゼリ……ア――」

〈不死者の魔王〉が、呻（うめ）くように声を漏らした。

なにか焦がれるように、救いを求めるように、その骨の手を虚空（こくう）へ伸ばす。

（な、に……？）

そして――

■■■■■■■■■■■■――ッ！

骸（むくろ）の肉体が、細かな粒子となって崩壊した。

「……っ！」

あとに残されたのは――

その手から転がり落ちた〈封罪の魔杖（まじょう）〉と、虚無の瘴気（しょうき）のみだった。

「……っ、は……ぁ……はぁっ、はぁっ……」

「レオ君⁉」

その場に膝をつくレオニスを、リーセリアの腕が抱きかかえた。

同時。〈聖剣〉──〈EXCALIBUR.XX（エクスキャリバー・ダブルイクス）〉が、光の粒子となって消滅する。

「レオ君、大丈夫……？」

「……は、い……」

答えつつ、レオニスは後ろを振り向いた。

「セ、セリアさん……どうして、ここに？」

「え、ええっと、わたしもよくわからなくて……」

リーセリアは困惑した表情を浮かべた。

「レオ君がピンチだって、女神様が……」

「……女神様？」

訊（き）き返した、その時だ。

ピシッ──

と、〈玉座の間〉の空間がひび割れた。

（──次元崩壊だと⁉）

レオニスは胸中で舌打ちする。

〈不死者の魔王〉の消滅によって――この次元空間そのものが、壊れようとしているのだ。

「――セリアさん、脱出します。掴まって！」

レオニスはなんとか立ち上がると、リーセリアの手をとった。

第八階梯魔術〈次元転移〉を唱え、脱出しようとするが――

ピシッ――ピシッ――ピシピシピシッ――！

（……っ、間に合わない!?）

虚空の亀裂が一気に広がり、あたりの空間が歪曲する。

そして――

「レオ君……！」

二人は真っ白な空間に投げ出された。

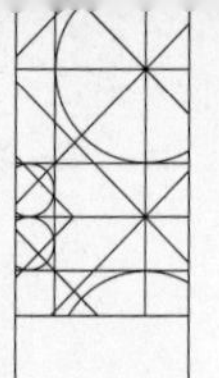

第二章　女神と魔王

――帝国標準時間一四〇五(ヒトヨンマルゴ)。第Ⅳエリア防衛要塞。

「……都市上空の裂け目が消滅した!?」

エリア全域を見渡せる、監視塔の一室で――

〈ヴォイド〉の〈巣(ハイヴ)〉を監視していたエルフィーネは、思わず声を上げた。

〈第〇四戦術都市(フォース・アサルト・ガーデン)〉上空に存在していた、巨大な虚空(こくう)の裂け目。

それが、忽然(こつぜん)と消失したのである。

要塞内の訓練場でも、各部隊の間に混乱が広がっているようだ。

「一体、なにが……?」

エルフィーネは窓から空を見上げ、目を凝らした。

肉眼でも、〈天眼の宝珠(アイ・オヴ・ザ・ウイッチ)〉による観測でも、やはり観測結果は同じだ。

その時、各エリアに放った〈天眼の宝珠〉が、端末を通じてアラートを発した。

裂け目の消失と時を同じくして、都市内の虚無の亀裂も消えつつあるらしい。

(……〈ヴォイド〉反応が急激に減少している)

結晶化した〈巣〉に変化はないようだが、裂け目から現れた〈ヴォイド〉の大群は、虚空へ消えつつあるようだ。

（……とりあえず、現状の分析データをシャトレス王女に報告しないと）

エルフィーネは急いで踵(きびす)を返し、外の廊下に出た。

非常灯の灯(とも)る通路を、足早に進む。

各エリアの〈都市統制塔(コントロール・タワー)〉は奪還しつつあるが、いまだ大規模な〈巣〉のある〈セントラル・ガーデン〉には部隊を進められていない。

（――セントラル・ガーデン。フィレット社の本拠地）

フィレットの研究施設の集まる〈塔〉の周囲には、全長二キロルにも及ぶ巨大な〈ヴォイド〉の〈巣〉が形成されている。

また、塔内部には〈桜蘭(おうらん)〉の〈剣鬼衆(けんきしゆう)〉の模造人間(ホムンクルス)をベースとした、〈魔剣使い〉の精鋭部隊も残存しているはずだ。

中途半端な戦力では部隊を損耗するだけだと、司令部には具申してある。

（――フィレット社。あの男の――悪夢と妄執の残骸）

エルフィーネは拳を固く握り締めた。

要塞防衛戦の際、〈ケイオス・ヴォイド〉の核を見つけ出すため、エルフィーネは自身の精神を〈天眼の宝珠〉と同調させた。

その時、彼女は触れたのだ。〈ケイオス・ヴォイド〉の中に溶け込んだ、ディンフロード・フィレットの思念の一部に。

ほんの一瞬だったが、流れ込んできた思念は膨大だった。

そのほとんどは、彼の妻、フィリア・フィレットに関する記憶の断片だ。

自身が被検体となった、虚無の力を宿す実験の最中、彼女は還(かえ)らぬ人となった。

ディンフロードは——あの人の姿をした怪物は、ただ焦がれていた。

虚無の世界に消えた妻と、再会することに。

それは愛なのか、あるいは妄執だったのか、知るよしもない。

ただ、哀れみを覚えるには、あの男の手は血に塗(まみ)れすぎた。

(……〈魔剣計画(D.project)〉。〈人類教会〉、それに〈女神〉の使徒——)

フィリアに関する思念の断片には、そんな言葉も含まれていた。

通路を歩きつつ、それらの単語を吟味する。

(——〈魔剣計画〉には、〈人類教会〉が関わっている? それに——)

——〈女神〉。

〈魔剣計画〉に関連して、幾度となく立ち現れる、その言葉。

〈魔剣〉の力に蝕(むしば)まれた者は、〈女神〉の声を聞いている。

そして、攫(さら)われた彼女がフィレットの研究所で見た、〈女神〉の祭壇。

(そういえば……)

地下で目を覚ました時、リーセリアのそばに現れた謎の少女。
あの少女もまた、自身のことを女神と名乗った。
……彼女は、一体なんだったのだろう？
と、そこでエルフィーネは立ち止まった。
（……セリア、そろそろ目を覚ましてるかもしれないわね）
司令室に向かう前に、彼女の様子を見ておこう。
そう思い、救護室に立ち寄ることにする。
階段を降り、非常灯に照らされた通路を進む。
リーセリアの眠る救護室の扉の前で、エルフィーネは深く呼吸した。
（……いったい、どんな顔をして会えばいいの）
意思を奪われた状態であったとはいえ——
エルフィーネ自身が、〈魔剣〉の力で彼女を傷付けてしまったのだ。
（……ううん、償えることではないけれど……とにかく、謝らないと）
意を決して、エルフィーネはドアロックに手をかざした。
エアシリンダーの音がして、ドアが開く。
「……セリア、起きてる？」
静かに声をかけるエルフィーネ。

しかし——

「……え？」

リーセリアが眠っているはずの救護室には、誰も居ない。

ただ、空っぽのベッドだけがあった。

◆

「ドーナツはありませんでしたけど、保存食のビスケットをどうぞ」

瓦礫の中から現れたメイド少女は、要塞内の食堂のテーブルで、完全栄養ビスケットをはむはむと囓っている。その様子は、まるで小動物のようだ。

「——なかなか美味ね」

「そ、そうです？　それ、あんまり、人気ないやつですけど。こっちのチーズ味とか、フルーツ味のほうが美味しいですよー」

「全部よこしなさい」

「全部ですか？　それは、さすがに……」

「人間ごときが、供物の要求を断るつもり？」

メイド少女がレギーナを鋭く睨んだ。

　しかし、なにしろ外見が可愛い女の子なので、なんの迫力もない。

「だめです。もともと、避難シェルターにいる人たちのための糧食ですから。材料を調達できたら、あとでドーナツもたくさん作ってあげますよ」

「ふん。まあ、よかろう」

　少女はレギーナを一瞥すると、またビスケットをはむはむ食べはじめた。

　レギーナは苦笑して、メイド少女の向かいに座った。

「……あの、助けてくれて、ありがとうございました。わたしも姉さんも、あなたのおかげで逃げ延びることができました」

　と、神妙な表情で、メイド少女に頭を下げる。

　だが、少女はビスケットをリスのように頰ばったまま、

「わたしじゃない」

「……え?」

「お前たちを助けたのは、わたしじゃない」

　無表情に告げてくる。

「え、ええっと……」

　レギーナは胸中で思案する。

　べつに助けたつもりはない、とかそういうことだろうか。

あるいは、恩に着せるのは苦手な性分なのか。

（ツンデレさん、なんですかね？）

胸中で首を傾げて――

レギーナは、もうひとつの可能性に思いあたる。

（……もしかして、記憶喪失とか？）

〈ヴォイド〉に呑み込まれていたのだ。

その可能性は、おおいに考えられる。

少女がビスケットをのみ込むのをいったん待ってから、レギーナは訊ねた。

「そういえば、あなたのお名前は、なんて言うんです？」

「名前？」

口もとに食べかすをつけたまま、少女は顔を上げる。

「私の名前を知らないの？　冥府にあまねく響く、偉大なるこの私の名を」

「は、はあ……」

「まったく、嘆かわしい。近頃の人類と来たら……」

困惑顔のレギーナに、少女は一瞬、怒気を向けるが、

「いえ、この姿では無理もないわね」

自身のメイド服を見下ろして、忌々しげに呟く。

　そして、

「よく聞きなさい、人間。我は冥府の魔神――ラクシャーサ・ナイトメア」

　立ち上がって、堂々と名乗りを上げた。

「……め、冥府の魔神？　ナイトメア？」

「――そう。死と悪夢を司(つかさど)りし、〈常闇の女王(ダーク・ロード)〉にして、裁きの執行者」

　少女は腰に手をあて、傲然とレギーナを見下ろした。

「ダーク……」

　レギーナはしばし、唖然(あぜん)として。

　ハッと気付く。

（こ、これは……以前、咲耶(さくや)のかかってた、思春期特有のアレですね！）

　少し前に、咲耶が眼帯などしていたことを思い出す。

（うーん、あまり、触れてあげないほうがよさそうですね……）

　きっと、そういうお年頃なのだ。あとで恥ずかしい思い出になるだろう。

「わ、わかりました。ラクシャーサちゃん、ですね」

「ちゃん？」

　ラクシャーサの片眉がぴくっと跳ねるが、レギーナはかまわず続ける。

「えっと、あなたは一体、何者なんです？　少年――レオ君の仲間なんですか？」

「……レオ？」

その瞬間。ラクシャーサの眼がカッと見開かれた。

「いま、レオと言った？」

「え、ええ……」

射殺すような眼光で睨まれ、こくこくと頷くレギーナ。

「それは、レオニスのことかしら？」

「そうですよ、あなたが変装してたんじゃ――」

「お前、レオニスの居場所を知っているの？」

と、ラクシャーサが鋭く詰問する。

レギーナは首を横に振り、

「い、いえ、あなたが知ってると思って――」

「……――」

ラクシャーサは、レギーナの翡翠色の眼をじっと覗き込んだ。

少女の瞳が妖しく輝き、頭の中を覗き込まれるような、不思議な感覚に襲われる。

眼を合わせたまま、数秒ほどの時が過ぎて――

「……ふん、嘘は言っていないようね」

ラクシャーサは落胆したように嘆息した。

「けれど、近くにいるのは間違いないはず……」

ギリッと奥歯を噛みしめ、ぶつぶつと独り言を呟きはじめる。

「ええっと……」

レギーナが声をかけようとした、その時。

端末に緊急の通信が入った。

「……フィーネ先輩？」

『レギーナ、すぐ救護室に来て――』

エルフィーネの焦った声が聞こえてくる。

「救護室？　セリアお嬢様に、なにかあったんですか？」

『それが、セリアの姿が、どこにもないの――』

「……え？」

思わず、声を上げて立ち上がる。

「わ、わかりました、すぐ行きますね――」

通信を切ると、レギーナはラクシャーサのほうを振り返り、

「ちょっと、ここで待っててくださいね」

そう言い残して、あわてて食堂を出て行くのだった。

◆

——どこかで、流れる水の音が聞こえる。

「……う、く……」

鈍痛のするこめかみを押さえつつ、レオニスは目を覚ました。

(……ここは？)

瞼を開け、あたりを見回す。

頭上に生い茂った樹木の葉の隙間から、木漏れ日が差し込んでいる。

〈第〇七戦術都市〉の人工樹林とは違う、本物の樹林だ。

(……どうやら、〈次元城〉の崩壊に巻き込まれたようだな)

〈不死者の魔王〉の生み出した次元空間の崩壊がきっかけとなり、〈次元城〉の内包する無数の次元空間が、連鎖的に崩壊したのだろう。

(余波に巻き込まれ、地上のいずこかに飛ばされたか。ループした次元に永遠に閉じ込められるよりはマシだが……)

起き上がろうとして、気付く。

地面についた掌に、むぎゅっと何かやわらかい感触があった。

「……っ、セ、セリアさん!?」

レオニスはあわてて飛び上がる。

触れていたのは地面ではなく、リーセリアの胸だった。

「セリアさんも、一緒に飛ばされたんですね……」

顔を赤らめつつ、横向きに倒れた彼女を見下ろす。

……息はしていない。アンデッドなので当然だが。

（そうだ。どうして、彼女があそこに……？）

リーセリアは第十八小隊の仲間と共に、〈第〇四戦術都市（フォース・アサルト・ガーデン）〉の奪還作戦に参加していたはずだ。たとえ〈吸血鬼の女王（ヴァンパイア・クイーン）〉の力を使ったとしても、〈虚無世界〉の〈次元城〉に、一瞬で移動して来られるはずがない。

「……セリアさん、起きてください。セリアさ——」

リーセリアの肩に触れ、揺り起こそうとする。

——と。

「——もう少し、眠らせてあげたまえ。少々無理をさせすぎたんだ」

透き通った玻璃（はり）のような声が聞こえた。

「……っ!?」

頭上に視線を向けて——レオニスは、絶句した。

呼吸が、止まる。

心臓さえ、その鼓動を止めたかもしれない。

節くれ立った樹(き)の枝に、一人の少女が腰掛けていた。

闇色の羽衣を纏(まと)った、射干玉(ぬばたま)の髪の少女。

「ロゼ……リア……？」

目を見開いたまま、声を失うレオニスを悪戯(いたずら)っぽく見下ろして——

「ようやく会えたね、レオニス」

〈叛逆(はんぎゃく)の女神〉——ロゼリア・イシュタリスは、微笑(ほほえ)んだ。

◆

「——ちょっと、どういうこと!? レオはどこへ消えたの!?」

「落ち着け、〈竜王〉よ」

激しい嵐の吹(ふ)き荒(すさ)ぶ、海の上空——

海妖(シー・スプライト)精族の少女を背に乗せた、巨大な真紅のドラゴンが怒りの声を上げた。

〈次元城〉の崩壊に巻き込まれた、〈竜王〉と〈海王〉である。

ヴェイラは生ける〈デス・ホールド〉と、リヴァイズは〈ヴォイド・ロード〉の軍勢と、それぞれ戦闘をしている最中、突然、次元が崩壊し、嵐の海に飛ばされたのだ。

雨に打たれ、濡れそぼった髪をまとめつつ、リヴァイズは口を開く。

「おそらく、レオニスと〈不死者の魔王〉の戦いの影響で、〈次元城〉の空間が崩壊したのだろう。その余波で、我々は強制的に転移させられたようだ」

「……っ、じゃあ、レオは近くにいるの？」

「どうだろうな」

ヴェイラの頭の上で、リヴァイズは首を横に振る。

「崩壊の中心にいたのであれば、まったく別の場所に飛ばされた可能性もあり得る」

以前、魔王三人がアズラ＝イルの引き起こした次元転移に巻き込まれ、〈虚無世界〉に転移した時は、ほぼ同じ場所に飛ばされたが――

「あるいは、また〈虚無世界〉にいるのかもしれぬ」

だとしたら、どんなにここを探しても意味はない。

あの虚無の化け物の出てくる、裂け目を探さなくては。

「やみくもに探し回ってもしかたあるまい。人間の都市を探すぞ。案外、そこにいるのかもしれん」

「わかったわ。それにしても、鬱陶しい嵐ね」

ヴェイラは咆哮すると、暴風で雲を吹き飛ばした。

眼の前に広がる、真っ青な空。

「行くわよ！」

ヴェイラは真紅の翼をはためかせ、〈第〇四戦術都市（フォース・アサルト・ガーデン）〉目指して飛行するのだった。

◆

「……ロゼ……リア……？」

目の前に忽然（こつぜん）と現れた、彼女の姿を見上げたまま――

レオニスは魂を奪われたように、立ち尽くしていた。

美しい夜色の髪が、ふわりとひろがる。

ずっと探していた。片時も忘れることなく。

――勇者なんてつまらないよ、わたしのものになれ、レオニス。

世界に絶望した勇者を、〈魔王〉として選んだ〈女神〉。

神々との戦に敗れ、一〇〇〇年後の未来に必ず復活すると、そう約束して。

眼前の彼女はただ、優しい眼差（まなざ）しでレオニスを見下ろしている。

「ロゼリア……なのか？」

レオニスは、彼女のほうへ足を踏み出して――

（……っ、違う、そんなこと、あるはずがない！）

胸中で否定する。

（俺としたことが、彼女の姿に心を許すなど――！）

レオニスの胸の内に激しい怒りの焔（ほのお）が燃えた。

立ち止まり、女神をキッと睨（にら）み据（す）える。

「俺は寛大な〈魔王〉だ。しかし、ロゼリアの名を騙（かた）ることは万死に値するぞ」

その手の平に、魔力の業炎（ごうえん）を生み出した。

が、しかし。

「ああ、信じられないのも、無理はない、ね――」

女神はくすっと微笑するばかりで、動じた様子はない。

「……」

レオニスは戸惑った。

何者かの小賢（こざか）しい謀（はかりごと）だろうか――？

虚無の〈使徒（アポストル）〉共の生み出した、幻影――

しかし、ロゼリアのこの姿を知る者は、ごく限られているはずだ。

――一〇〇〇年前のあの時代。

〈女神〉に直接拝謁したことがあるのは、八人の〈魔王〉のみ。

（……異界の魔王（アズラ＝イル）の差し金？　いや、しかし……）

レオニスが、目の前の幻の正体を判じかねていると。

「レオニス――」

彼女は、少しはにかむように桜色の唇を開いた。

「そんなに見つめないでくれ。透けていて、恥ずかしい」

「なっ⁉」

彼女は恥じ入るように、両腕で自身の身体(からだ)をかき抱く。

よく見れば、たしかに、その身体はわずかに透けている。

……幻影にしては、あまりにお粗末だった。

(なんなんだ、一体……?)

警戒は解かぬまでも、膨れ上がった怒りが霧散していくのを感じる。

……何者かの謀(はかりごと)にしては、やはり奇妙だ。

「――いやはや、これは君のせいでもあるんだよ、レオニス。君が器の少女を不死者(アンデッド)にしたものだから、魂の融合が不完全な形で転生してしまったんだ」

(……転生、だと⁉)

今度こそ、レオニスは目を見開く。

――一〇〇〇年の後、〈叛逆(はんぎゃく)の女神〉が、人間の少女に転生する。

そのことを知っているのは――

（俺だけのはずだ……）

　そして、もうひとつ。

　目の前の彼女は、聞き捨てならないことを口にした。

「器の少女――？　リーセリアのこと……か？」

「ああ」

　微笑んで、彼女はリーセリアのそばに降り立った。

「リーセリア・クリスタリア――この少女こそ、私の魂の器だよ」

「……っ、そんな……そんなことが……あり得るのか？」

　レオニスは息を呑み、リーセリアの顔をじっと見つめた。

「リーセリアが、地下霊廟に眠る俺を目覚めさせたのは、偶然のはず……」

「――偶然では、ないよ」

　と、目の前の少女は首を横に振った。

「君と彼女が出会う因果の糸は、一〇〇〇年の時を超えて、紡がれていたんだ」

「どういう、ことだ……？」

　頭に疑問符を浮かべ、訊ねるレオニス。

　リーセリアとの出会いは、あらかじめ運命付けられていたとでもいうのか？

「――一〇〇〇年前、君がまだ〈魔王〉でも〈勇者〉でもなかった、あの時」

と、彼女は口を開く。

「君はこの少女に、〈聖剣〉を与えられた。それは、覚えているかい」

レオニスはハッと眼(め)を見開く。

〈不死者の魔王〉との戦いの最中、忽然(こつぜん)と甦(よみがえ)った過去の記憶。

〈ログナス王国〉の路地裏で、リーセリアと出会い、救われたこと。

彼女に〈聖剣〉——〈EXCALIBUR.XX(エクスキャリバー・ダブルイクス)〉を与えられたことを。

しかし、その記憶は有り得ない記憶だ。

あの日、路地裏で彼を救ったのは六英雄の〈剣聖〉シャダルクであり——

レオニスは〈聖剣〉など、授かっていない。当然、一〇〇〇年前の過去に〈聖剣〉は存在しなかったし、有り得ないはずのその記憶は、あまりに鮮明なものだった。

「——君が覚えているその記憶は、たしかに君の過去にあった出来事だよ」

幻影の少女は、レオニスの葛藤を見透かすように、レオニスをみつめた。

「わたしがリーセリア・クリスタリアの魂を、一〇〇〇年前の世界に送り込んだんだ」

「な、に……」

レオニスは唖然(あぜん)として、声も出ない。

時間遡行——たとえ魂のみだとしても、途轍(とてつ)もない奇跡だ。

しかし、本物の女神の秘蹟であれば、あり得ぬことではない。

「……なんのために？」

「君に〈不死者の魔王〉を倒す〈聖剣〉の力を与えるため。そして、君とリーセリア・クリスタリアが出会う、因果の糸を紡ぐためだ」

「俺とリーセリアの、因果の糸――」

「そう。リーセリア・クリスタリアの魂が過去の君と出会ったことにより、一〇〇〇年後のこの世界で、君と彼女の出会う運命は紡がれた」

「……待て、わからない」

レオニスは混乱して首を振る。

「君が……リーセリアの魂を過去に送り込み、俺にあの〈聖剣〉を与えた。それが本当としてだ。俺とリーセリアが出会う運命が紡がれた、とはどういうことだ？」

それは、因果が逆転している。

リーセリアが〈死都〉の遺跡でレオニスの封印を解き、二人が出会っていなければ、彼女の魂が過去の世界で、レオニスを見つけ出すことはできなかったはずだ。

「君が言うのは、賢者たちが時間の逆説と呼ぶ事象だね」

と、彼女は短く頷いて、

「そう、因果が逆転しているように感じるのも無理はない。けれど、神の視座では時間の逆説は存在しないんだ。因果律は一方向に進むような単純なものじゃない。

君と彼女がこの世界で出会ったことで、彼女の魂は、過去の君に出会うことができた。

同時に、彼女が過去の君に〈聖剣〉を渡すことで、一〇〇〇年後のこの世界で、君と彼女が出会う因果が結ばれたんだ。まるで、互いの尾を噛み合う蛇のようにね」

言って、宙に∞の印を描いて見せる彼女。

「……さっぱりわからん」

レオニスは頭をかかえ、その場に座り込んだ。

「まあ、いい。ひとまず、呑み込もう」

「素直だね、レオニス。君のいいところだよ」

彼女はくすっと微笑んだ。

そのしぐさはたしかに、レオニスの知る彼女のもので――

「……君は、本当にロゼリアなんだな？」

と、レオニスは静かに口を開いた。

目の前の彼女が幻ではありえないと、すでに確信していた。

「ああ」

「……っ、俺は――俺は、ずっと君を探し続けていたんだ。どうして――！」

見下ろす少女に向かって、レオニスは叫んだ。

目頭が熱くなり、頬の濡れる感触があった。

「……？」

レオニスは不思議そうに目元をぬぐう。

それは、涙だった。

彼が〈不死者の魔王〉になってからは、ひさしく忘れていたものだ。

ロゼリアの手が、そっとレオニスの頬に伸ばされる。

透き通ったその指先が、レオニスに触れることはない。

それでも、レオニスは頬にたしかなあたたかみを感じた。

「――すまない、レオニス」

ロゼリアは静かに首を振った。

「わたしが目覚めるには、君が器の少女と絆を結ぶのを待つ必要があったんだ。君とリーセリア・クリスタリアの間に十分な絆がなければ、たとえ彼女の魂を過去に送り込んだとしても、彼女が君に〈聖剣〉の力を与えることはできなかっただろう。それはつまり、一〇〇〇年後のこの世界で、君と彼女の因果が結ばれないことになってしまう」

レオニスは、地面に横たわるリーセリアの横顔に視線を落とした。

「……眷属の絆のことか？」

「主と眷属、それもたしかに絆の形だ。しかし――」

ロゼリアはくすっと微笑み、首を横に振った。

「君と彼女の間にあるものは、それだけではないだろう？」

「……？」

レオニスが眉をひそめた、その時。

「……う、ん……」

地面に横たわったリーセリアが、かすかな声をあげた。

「お目覚めのようだね。わたしはまたしばらく、彼女の魂と同化することにしよう」

「ロゼリア？」

「大丈夫、少し眠るだけだよ。まだまだ、君と話したいことも――話さなければいけないこともたくさんあるしね。ああ、そうだ――」

ふと、ロゼリアは思い出したように言う。

「君に、これを返しておかないと」

「……!?」

レオニスの目の前の空間に裂け目が生まれた。

その裂け目の中から、一本の杖が現れ、レオニスの両手に収まった。

〈不死者の魔王〉の象徴――〈封罪の魔杖〉だ。

「あやうく、次元の彼方へ消えてしまうところだったよ」

レオニスは、〈封罪の魔杖〉の柄を強く握りしめた。

その中に封印された――魔剣〈ダーインスレイヴ〉を。

顔を上げると、ロゼリアの姿はもう、そこにはなかった。

「ロゼリア……」

レオニスは、地面に横たわるリーセリアを見下ろした。

その白銀の髪に、そっと触れる。

（そうか。彼女が、俺の眠る霊廟を開くことが出来たのは――）

……不思議には思っていた。

あの霊廟の扉は本来、レオニス本人しか開くことのできないものなのだ。

それに、〈機神〉シュベルトライテは彼女のことを、ずっとマスターと呼んでいた。

「……う……ん、レオ君？」

リーセリアが眼を開けた。

眠たそうに瞼をこすり、レオニスの顔をみつめる。

「おはようございます、セリアさん」

と、レオニスはひとまず、そう声をかけるのだった。

◆

（人類の都市も、妙な発展を遂げたものね……）

可憐なメイド服姿の少女が、瓦礫にまみれた廃墟を歩く。

違和感のある光景だが、それを指摘する者は一人もいない。

「歩きにくい服装ね——」

ラクシャーサ・ナイトメアは苛立たしげに眉を吊り上げ、瓦礫を蹴飛ばした。

と、その時だ。

ピシッ——ピシピシピシッ——ピシッ！

突然、ビルを覆う結晶がひび割れ——

■■■■■■■■■ッ！

虚無の瘴気を纏った化け物が孵化した。

「——また、塵がっ！」

メイド少女は嫌悪を表情を浮かべると、その手にひと振りの剣を呼びだした。

一閃。

〈斬魂の処刑剣〉——魂を狩る魔神の剣が、〈ヴォイド〉を斬り捨てる。

真っ二つに切断された〈ヴォイド〉は、黒い霧となって虚空に消えた。

（まったく、忌々しい……）

処刑剣の刃を地面に突き立て、ラクシャーサは歯噛みする。

苛立ちの原因は、彼女の解放が中途半端なことだった。

(レオニスの眷属が意識を失ったおかげで、出てくることができたけど……)

あくまで、イレギュラーな状態で封印が解かれたため、身体がうまく馴染まない。

魔神礼装たる〈冥夜〉も召喚できず、メイド服のままだ。

(これでは、レオニスを見つけたところで、また簡単に封印されてしまう……)

今はどこかに身を隠し、魔神としての力が完全に目覚めるのを待つべきだ。

(――全盛期の〈不死者の魔王〉には敗北を喫したけれど、今の彼はなぜか子供の姿になり、魔力も衰えている)

――一〇〇〇年前の復讐を果たすには、絶好の機会だった。

(……~っ、レオニス・デス・マグナス。お前だけは、絶対に許さない――)

処刑剣の柄を強く握りしめ、ラクシャーサは肩をわなわなと震わせる。

(冥界の神々を招き、婚礼の準備まで整えたわたしにっ、あ、あ、あんな恥をかかせた挙げ句、眷属の小間使いの身体に封印するなんて、いったいどういう神経をしているの。尊大で傲慢で無神経で、傍若無人な〈不死者の魔王〉。殺す。殺す。殺す。何度でも殺して、冥府の底に繋ぎ止めてやるわ。そう、そして、奴は永遠にわたしのものになるの。ずっと、ずっとわたしのものに……ふ、ふふ、ふふふふ……)

冥府の魔神が、そんな妄想に耽っていると――

「……？」

ふと、気配を感じて、ラクシャーサは通りの向こうに視線を向けた。

（……レオニス？　いえ、違うわね）

廃墟となった通りを歩いてくるのは、二人組の少女だった。

先ほど、彼女の見た人間の騎士たちとは、まったく身なりが違う。

とくに燃えるような赤い髪の少女のほうは、かなり扇情的な格好をしているようだ。

「あら――？」

と、赤髪の少女が立ち止まり、ラクシャーサのほうを振り向いた。

「あんた、レオのメイドじゃない」

（……!?）

瓦礫を身軽に乗り越えて、こちらに近付いてくると、

「メイド、あんた、レオの居場所を知らない？」

片手を腰にあて、傲然とラクシャーサを見下ろしてくる。

（……なに、この偉そうな女は？）

ラクシャーサは片眉を跳ね上げ、目の前の少女を睨んだ。

この冥府の魔神を前に、舐めた態度を取るものだ。

先ほどのエビのような髪をした少女は馴(な)れ馴(な)れしいだけだったが、こちらは明確にラクシャーサを見下している。じつに腹立たしい。

常であれば、このような無礼者は処刑しているところだが——

（……この娘、レオニスのことを探している？）

ラクシャーサの魂を封じている、このメイドとも知り合いのようだ。

それに、この娘は今、あの〈不死者の魔王〉のことをレオと呼び捨てにした。

……馴れ馴れしく、なんだか親しげに。

（——まずは尋問ね。処刑するのは、その後でいいわ）

ラクシャーサは〈斬魂の処刑剣(エクスキューショナーズ・ソード)〉を、少女の目の前に突き付けた。

「小娘、このわたしを誰だと思っている？」

「はあ？」

と、またしても舐(な)めた返事が返ってくる。

ラクシャーサは冷徹な声で告げた。

「我が名は、〈常闇の女王(ダーク・ロード)〉——ラクシャーサ・ナイトメア」

「……ダーク……なに？」

赤髪の娘は眉をひそめ、背後にいるもう一人の少女の方を振り返る。

「ねえ、このメイド、どうしちゃったのかしら？」

「ふむ……」

と、もう一人の少女が、じっとラクシャーサの顔を見つめ、

「──それは冥府の魔神の一柱。最上位の神格であろう」

（……っ!?）

と、一瞬でラクシャーサの正体を見抜く。

「魔神？　レオのメイドじゃないの？」

「うむ、おそらく、強大な魔神の魂をあのメイドの中に封印し、使役できるようにしていたのであろうな。奴の考えそうなことだ」

「ふーん。それじゃ、あんたもレオの配下ってわけね」

「なっ……！」

その瞬間、ラクシャーサの怒りが頂点に達した。

「……～っ、だ、だだだ、誰が配下ですって……！」

「あら、違うの？」

「こ、こここ、この〈常闇の女王〉を愚弄するとは──」

ラクシャーサは唇を震わせ、〈斬魂の処刑剣〉を抜き放った。

「──万死に値する。死を以て償うがいい！」

眼前の少女の首めがけ、その刃を振り下ろす。

ギイイイイイッ！

「……なっ⁉」

ラクシャーサは眼を見開く。

〈斬魂の処刑剣〉の刃は、少女の首の付け根のところで止まっていた。

「ぐ……ばか、な……──」

……有り得ない。ラクシャーサの顔に焦燥が浮かんだ。

眼前の赤髪の娘は、八重歯を見せ、不敵に嗤った。

「へえ、面白いじゃないの。この〈竜王〉に刃向かうなんて」

「りゅ、竜……王……？」

ラクシャーサが訊き返した、瞬間。

娘の全身から、凄まじい覇気がほとばしった。

「……っ、あ、ああ……あ……」

カラン──と、〈斬魂の処刑剣〉が手から落ちる。

「う、嘘……嘘をつくなっ、〈竜王〉ヴェイラは、真紅のドラゴンのはず──」

「これは人型形態よ。本体で出て行ったら、人間どもが怖がるでしょ」

ヴェイラの黄金色の瞳が、ラクシャーサを見下ろした。

「魔神、あんたに用はないわ。レオのメイドを出しなさい」

「ひっ！」

〈竜王〉の放つ覇気に圧倒され、ラクシャーサの身体が硬直する。

彼女の器である、このメイドの肉体が、本能的な恐怖を感じているのだ。

「待て、〈竜王〉よ」

と、背後の少女が声をあげた。

「手荒なことはせずともよい。まずは、その魔神を再封印してしまおう」

「な……に……？」

紫水晶の髪の少女が、指先で印を結びつつ近付いてくる。何者かは不明だが、〈竜王〉と共に行動している以上、この少女もただ者ではないに違いない。

少女の手が、ラクシャーサの胸もとに触れる。

その指先に、光の魔法陣が生まれた。

「な、なにを……する……！」

「おとなしく、封印されるがよい」

魔法陣が、メイドの心臓に吸い込まれるように消えてゆく。

――と、その刹那。

ラクシャーサの器である、メイドの身体がビクンッと大きく震え――

その肉体から、するりと影が飛び出した。

「……む？」

「どうしたの？」

「しまった。これは――」

と、〈海王〉はわずかに眼を見開く。

「魔神を解き放ってしまった」

「……は？　なんで？」

ヴェイラが呆れたように訊ねる。

「どうも、魔神は不完全な状態で解放されかかっていたらしいな。私の魔力に触れたことで、封印が完全に解けてしまったようだ」

「……もう、なにやってるのよ！」

二人の〈魔王〉が言い合っている、そのうちに。

シャーリの身体から飛び出した魔神の魂は、すでに姿を消していた。

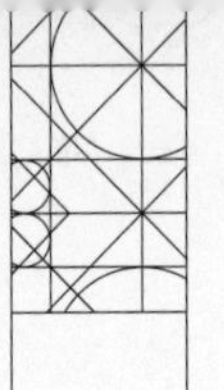

第三章　桜蘭の隠れ里

Demon's Sword Master of Excalibur School

「……う、ん……レオ……君……？」

リーセリアがゆっくりと瞼を開ける。

彼女の蒼氷の瞳を覗き込み、レオニスは声をかけた。

「セリアさん、ですね……？」

「え？　う、うん……」

その不自然な問いに、彼女は少し戸惑ったように頷いて、

「ええっと、一体なにが……どうなったの？」

鬱蒼と茂る森の中を、きょろきょろと見回した。

「……ここは、どこ？」

「わかりません。次元の崩壊に巻き込まれて、どこかに飛ばされたみたいです」

レオニスは首を横に振り、梢の間に覗く、灰色の空を見上げた。

「〈ヴォイド〉の世界じゃ、ないみたいですけど……」

〈虚無世界〉の空は、血のような真紅。

人類が〈凶星〉と呼ぶ星と同じ色のはずだ。

それに、この森の植生は、やはり〈虚無世界〉のものとは違う気がする。

「そ、そう……うっ……」

頭が痛むのか、こめかみを押さえつつ、リーセリアは身を起こした。

「セリアさん、大丈夫ですか？　無理はせずに——」

「う、うん、平気よ。ちょっと、色々なことが起こりすぎて……」

と、気丈な笑顔を向けてくる。

「……あの、レオ君。わたし、レオ君と話したいことが、いっぱいあって——」

「はい」

と、レオニスは頷いて、

「僕も、セリアさんと話したいこと、たくさんあります」

リーセリアの顔を見つめた、その時。
■■■■■■■■■■■ッッッ——！
森の中に、聞き覚えのある咆哮(ほうこう)が響き渡った。

「……っ、〈ヴォイド〉!?」

「近いですね——」

レオニスは立ち上がり、耳をそばだてる。

地響きのような足音と、メキメキと木々の倒れる音。

そして――

「……人の声？」

レオニスは眉をひそめた。

……間違いない。獣の声とは明らかに違う、人の悲鳴が聞こえた。

「……っ、誰か、襲われてる！　行かないと！」

リーセリアは立ち上がると、声のしたほうへ駆け出した。

「ま、待ってください、セリアさん！」

茂みの中に消えたリーセリアの背中を、レオニスはあわてて追いかけた。

◆

「〈聖剣〉――アクティベート！」

森を駆けるリーセリアの手に、〈誓約の魔血剣（ブラッディ・ソード）〉が生み出された。

振り抜いた真紅の刀身から、無数の血の刃（やいば）が放たれ、木々を斬り飛ばす。

障害物が消え、視界の広がった、その場所に。

■■■■■■■■ッッッ――！

体長五メルトほどもある、巨人型の〈ヴォイド〉が暴れ（あば）ていた。

「……っ、オーガ級！」

引き抜いた巨木を滅茶苦茶に振り回し、なにかを追いかけている。

その先にいるのは――

「……子供⁉」

リーセリアはハッと叫んだ。

そう、悲鳴を上げて逃げ惑っているのは、レオニスと同じ年頃の子供たちだ。

人数は、四、五人だろうか。見慣れない服を身に着けている。

「子供が、どうしてこんな場所に――！」

リーセリアは〈聖剣〉の刃を振り下ろした。

虚空に生まれた血の刃が、オーガ級〈ヴォイド〉の腕を切断する。
■■■■■■■ッッッ――！
ビリビリと空気を震わせ、響きわたる咆哮。

〈ヴォイド〉が、リーセリアのほうを振り返る。

突然の出来事に、子供たちは眼を見開いて立ち尽くす。

「――みんな、逃げて！」

リーセリアは叫び、茂みの奥を指差した。

子供たちは、蜘蛛の子を散らすように茂みに姿を隠す。

オーガ級〈ヴォイド〉が、リーセリアめがけ、片方の腕を振り下ろした。

リーセリアは軽やかなステップで回避、巨人の懐へ果敢に斬り込む。

「はああああああっ！」

ふっと身を沈め、〈誓約の魔血剣（ブラッディ・ソード）〉の刃（やいば）を巨人の心臓部に突き立てた。

そして——

「爆（は）ぜよ、刃（やいば）の血華——〈破魔血華斬（ブラッド・フレイア）〉！」

刃の尖端（せんたん）が、咲き誇るが如（ごと）く華開いた。

暴（あば）れ狂う血の刃が、巨人の胴を内側から破壊する。

グオオオオオオオオオッ！

断末魔の咆哮（ほうこう）を上げ、オーガ級〈ヴォイド〉は虚空（こくう）に消え去った。

「……ふぅ」

白銀の髪をなびかせ、リーセリアは後ろを振り返る。

と、腕組みしたレオニスが、後方魔王面（こうほうまおうづら）で満足げに頷（うなず）いていた。

「強くなりましたね、セリアさん」

「レオ君が鍛えてくれたから」

リーセリアは親指を立てると、森の奥に目を向けた。

「みんな、もう大丈夫よ」

声をかけると――

隠れた子供たちが、おそるおそる顔を出した。

「……！　……？」

年長らしい子供の一人が、かん高い声でなにか喋(しゃべ)った。

「……帝国の共通語じゃないわね。ちょっと待って」

リーセリアが首を傾(かし)げ、制服の内側から端末を取り出した。

「ええっと、翻訳ソフトを起動して……」

あたふたするリーセリアに――

レオニスは親指をパチッと鳴らし、言語解析の魔術を付与する。

瞬時に、未知の言語が既知の言語に変換された。

「あなたたちは、誰――ですか？」

と、翻訳された子供の声が聞こえた。

「あ、すごい……」

レオニスの魔術に感心するリーセリア。

「セリアさんにも覚えられますよ。それより、子供たちと話してください」

「う、うん……」

リーセリアは〈聖剣〉を虚空に消すと、身を屈(かが)めて話しかけた。

「わたしたちは、人類統合帝国〈第〇七戦術都市（セヴンス・アサルト・ガーデン）〉、〈聖剣学院〉所属の〈聖剣士〉です。この森に迷い込んでしまったの」

「じんるい……てーこく……？」

子供たちは顔を見合わせた。

「帝国のことを知らないのね。ええっと、あなたたちは？」

訊（き）くと、年長の少年がおずおずと進み出た。

「ぼくたち、くに……ない」

「……国が、ない。きっと、〈ヴォイド〉に滅ぼされたのね」

リーセリアは唇を強く噛（か）みしめた。

「この近くに住んでいるの？　ほかに人は……大人たちはいるの？」

すると、子供たちは揃（そろ）って首を横に振った。

「大人、みんないなくなった。鬼神（おにがみ）様が、守ってくれてる」

「……鬼神様？」

「鬼神様、わたしたちの護（まも）り神」

「そう、とっても強くて、さっきの真っ黒な化け物、やっつけてくれる」

「神様？　〈ヴォイド〉を倒す力を持っている……？」

戸惑いの表情を浮かべるリーセリア。

「おねーさん、ぼくたち、助けてくれた。鬼神様のところ、案内する」

「うん、鬼神様、まれびとを見つけたら、連れて来るようにって」

「ちょ、ちょっと……！」

子供たちは手招きして、森の奥へ入ってゆく。

リーセリアはレオニスと顔を見合わせた。

「……レオ君、神様だって。どうする？」

「まあ、ひとまず、付いて行ってみましょう」

肩をすくめて、答えるレオニス。

正直、レオニスとしては、あの子供たちのことなど、どうでもいいのだが。

鬼神様――とやらのことは、少し気になった。

神を騙る傲慢な奴は、一〇〇〇年前の魔王の時代から、大嫌いなのだ。

（……恥知らずなその顔、この俺が拝んでやろうではないか）

◆

「――さい、起きなさい、ぽんこつメイド」

「……う、ん……魔王さま……はわっ!?」

シャーリが眼を覚ますと——

目の前に〈竜王〉の顔があった。

「りゅ、りゅ、竜王様——と、海王様も⁉」

黄昏色の眼を見開き、あわてて地面にかしずくシャーリ。

「やっと起きたわね、まったく」

ヴェイラは傲然とシャーリを見下ろした。

「あ、あの、竜王様……わたくしは、一体？」

きょろきょろと辺りを見回すと、倒壊した建物と瓦礫の山が眼に入った。

……〈第〇四戦術都市〉のどこかのようだ。

（そういえば、〈ケイオス・ヴォイド〉の中で意識を失ったのだった。

彼女は、あの虚無の汚泥にのみ込まれて……）

……それ以降の記憶はない。

「〈竜王〉様がわたくしを助けてくださったのでしょうか？」

おそるおそる、目の前のヴェイラに訊ねてみると、

「はあ？　なんであたしが、レオのメイドを助けなきゃいけないの？」

「で、ですよね！　失礼いたしました！」

キッと睨まれ、シャーリはぺこぺこ謝った。

では、一体誰が……？

——と、その時。シャーリは気付く。

彼女の中に封印されていた、冥府の魔神の気配が消えていることに。

「……はわわっ、ラクシャーサ様の封印が、解けてます⁉　ナンデ⁉」

シャーリの顔がサーッと青ざめる。

（も、もしや、意識を失った時に、勝手に解放してしまったのでしょうか！）

……だとすれば、とんでもない失態だ。

主に知られれば、ものすごく怒られるのは間違いない。

そのとき、〈海王〉がそっと目をそらしたのに気づかぬシャーリである。

「メイド——」

と、あわてふためくシャーリに、ヴェイラが不機嫌そうに声をかけた。

「は、はいっ！」

「レオはどこにいるの？」

「……？」

シャーリはきょとん、と首をかしげた。

「魔王様は、竜王様たちと一緒に〈次元城〉へ向かわれたはずでは？」

「ふむ、その様子では、汝も知らないようだな」

と、リヴァイズが肩をすくめる。

「ま、魔王様は、どうなされたのですかっ!」

「〈次元城〉の崩壊に巻き込まれて、どこかに飛ばされたのよ」

「ええええええええええええええええっ!」

シャーリは絶叫した。

「うるさいわよ、メイド」

「は、申し訳ありません!」

「しかし、腹心の眷属(けんぞく)にも感知できぬ場所に飛ばされたか」

「こっちの世界ならともかく、〈虚無世界〉にいるとなると、厄介ね」

ヴェイラは真紅の髪をかきあげ、空を仰いだ。

しばし、んん~っ、と考えるしぐさをして——

「ま、いいわ。レオのことだし、しばらくすれば戻ってくるでしょ」

「えええっ!?」

「たしかにな」

と、リヴァイズも納得したように頷(うなず)く。

ヴェイラは、くるっとシャーリのほうを振り向くと、

「あたしたちは一度、帝都に戻るわ。レオが戻って来たら伝えておきなさい」

「あっ、〈竜王様〉、お待ちくださ……ああっ！」

あわてて追おうとするシャーリだが――

グオオオオオオオオオオッ！

ヴェイラは、目の前で巨大なドラゴンに変身すると、その背にリヴァイズを乗せて、曇天の空へ飛び発ってしまうのだった。

シャーリはしばし呆然と立ち尽くし――

やがて、ハッと我に返る。

「ま、魔王様をお捜ししなくてはなりません！」

◆

「……この要塞内には、いないようね」

掌に浮かべた〈天眼の宝珠〉に目を落とし、エルフィーネは首を横に振った。

「通路のカメラにも映っていないようですし、一体、どこへ――」

と、天井を見上げるレギーナ。

リーセリアの眠っていたベッドは、空になっていた。

シーツが乱れていたので、目を覚ましたのは間違いないようである。

……ただ、その後の行方がわからない。

何度も端末に通信を送っているが、こちらも応答がない。

もっとも、現在の〈第〇四戦術都市〉は〈ヴォイド〉の〈巣〉の放射する瘴気の影響で、通信状況がひどく悪いので、応答がないのはそのせいかもしれないが。

「まさか、〈ヴォイド〉に攫われたんじゃ……」

不安そうな表情で呟くレギーナ。

「そんなこと……」

エルフィーネはなにか気休めの言葉を言おうとして、口を噤んだ。

……その可能性は、絶対にないとは言い切れない。

事実、最前線で戦う〈聖剣士〉が、〈ヴォイド〉の裂け目の向こう側に連れ去られた、という報告は少なくないのだ。

そして、〈ヴォイド〉に連れ去られ、帰還した者は一人もいない。

（……それは、考えたくはないわね）

無論、可能性のひとつとして考慮はすべきだが。

いま、エルフィーネが考えているのは、それとは別の原因だった。

ロゼリア——自身のことを〈女神〉と名乗った、あの謎の少女。

〈魔剣の女王〉となっていたエルフィーネの記憶を、呼び覚ましてくれた。

リーセリアの失踪には、彼女が関わっているのではないだろうか。

……そんな気がしてならない。

（……けれど、あの少女からは、セリアに対する敵意は感じなかった）

むしろ、リーセリアのことを守ろうとしているように感じた。

そもそも、リーセリアを地上に運ぶよう指示したのは、あの少女なのだ。

「お嬢様……」

レギーナが俯(うつむ)き加減に呟く。

——その時。二人の端末に同時に通信が入った。

「……!?」

あわてて端末を見る二人。

しかし、期待はすぐに落胆に変わった。

「〈第〇四戦術都市〉の各部隊に通達。第Ⅳエリアにいる部隊は、〈中央魔力炉〉周辺の〈巣〉の掃討作戦に参加せよ、ね——」

先の〈ケイオス・ヴォイド〉との戦いで、〈聖剣士〉の戦力は著しく損耗している。

強力な攻撃型の〈聖剣〉を持つ、レギーナとエルフィーネが作戦に参加しなければ、前線部隊にかなりの被害が出るだろう。

「ひとまず、前線部隊と合流しましょう。〈天眼の宝珠(アイ・オヴ・ザ・ウイッチ)〉を一機、エリア全体の捜索に回してみるわ」

「──わかりました」

レギーナは頷(うなず)くと、きゅっと強く唇を噛(か)んだ。

◆

子供たちに誘(いざな)われ、レオニスとリーセリアは森の奥深くへと進んでゆく。

ほとんど獣道のような道だが、子供たちは慣れているようだ。

陽(ひ)はすでに傾いてきており、鬱蒼(うっそう)と茂る森の中は薄暗い。

「……レオ君、ここの座標がわかったわ」

と、リーセリアが手にした端末から顔を上げて言う。

「〈第〇四戦術都市(フォース・アサルト・ガーデン)〉から三〇〇〇キロル南西──〈桜蘭(おうらん)〉の領地よ」

「〈桜蘭〉──咲耶(さくや)さんの故郷ですか？」

後ろを振り向いて訊(き)くレオニス。

「でも、咲耶さんの故郷は、九年前に〈ヴォイド〉の〈大狂騒(スタンピード)〉で……」

「ええ、生き残った人たちは、各戦術都市で保護したはずだけど」

下生えを斬り払いつつ、リーセリアは頷く。

「とにかく、場所はわかったし、救難信号を出しておくわ」

「届くんですか？」

「近くの海域に、〈第〇五戦術都市〉が展開しているみたい。そこに届けば――」

「お姉さん、こっち！」

前をゆく子供が振り返って手を振った。

と、鬱蒼と茂る森が急に途切れ、視界が広がった。

「――ここ、わたしたちの村！」

そこは、森を切り拓いて作った、大きな円形の広場だった。

広場を中心に、木造の古びた建物が建ち並んでいる。

建物の多くは屋根が剥がれ落ち、いまにも倒壊しそうな様相だ。

「……〈桜蘭〉の隠れ里」

広場を見回して、リーセリアは呟く。

「〈大狂騒〉を生き延びた人たちが、ここに逃げ延びたのね」

と、彼女が広場に足を踏み入れようとした、瞬間。

「あ、あれ……？」

不可視の力に身体が押し戻され、尻餅をつく。

「な、なにこれ？　見えない壁……？」

起き上がりつつ、戸惑いの表情を浮かべるリーセリア。
（……これは、結界魔術？）
レオニスは〈魔眼〉を使い、魔力を可視化した。
広場全体を覆うように、半球状の結界が展開されている。
第四階梯魔術――〈対魔障壁〉。
魔力を感知し、不死者などの魔物を排除する結界だ。
間違いなく、レオニスの時代の魔術である。
（魔術の衰退したこの世界で、まして第四階梯の魔術を？）
おそらく、この結界を張ったのは、子供たちの口にしていた鬼神様とやらだろう。
……一体、何者なのか。
（……ネファケスやゼーマインのような〈使徒〉？　あるいは――）
と、レオニスが考えている間、リーセリアはまた結界に弾かれている。
「お姉さん、どうしたの？」
子供たちが振り返り、不思議そうに訊ねてくる。
レオニスは肩をすくめ、結界に手を触れた。
魔力光がほとばしり、結界はたちまち消滅した。
「セリアさん、もう大丈夫ですよ」

「え？　あ、ほんとだ――」

リーセリアがようやく、広場の中に足を踏み入れる。

レオニスは結界の跡を眺め、訝(いぶか)しげに呟(つぶや)く。

（……鬼神様とやら、一体何者だ？）

◆

集落の中を進んで行き、石の階段を上ったところに、社があった。

それほど大きな建物ではないが、この地に古くからあったもののようだ。

レオニスたちは外回りの廊下を歩き、社の奥に案内された。

建物の造りは、〈オールド・タウン〉にある、咲耶(さくや)の屋敷とよく似ている。

「あの、鬼神様って、どんな人なの？」

と、リーセリアが前を歩く少女に訊ねると、

「鬼神様、村の守り神。化け物、やっつけてくれる」

少女は誇らしげにそう答える。

「〈ヴォイド〉を？　もしかして、〈聖剣士〉なのかしら？」

「……さて、どうでしょうね」

レオニスは胡乱な表情で肩をすくめた。

廊下に焚かれた香の匂いが漂ってくる。

「この香り、ちょっと苦手かも……」

眉をひそめるリーセリア。

不死者の本能が、神聖な雰囲気を嫌うのだ。

実際、お香には強力な払魔の効果があるようだ。

吸血鬼の上位種でなければ、足を踏み入れることさえできないだろう。

「ここで待ってて。いま、鬼神様、呼んでくる」

と、二人を畳敷きの広間に残して、案内役の少女は姿を消した。

「レオ君、正座しないと。神様だよ」

胡座をかくレオニスに、リーセリアが注意する。

「……む」

(……神だかなんだか知らんが、魔王の俺が正座など)

〈魔王戦争〉の際には、神の眷属など、何度も葬ってきたのだ。

「お行儀」

「……」

ぴしっと言われ、レオニスはしかたなく、正座をするのだった。

「鬼神様——どんな人なのかしら。ちょっと楽しみね」

用意された、座布団に行儀良く座り、首をかしげるリーセリア。

「人とは限りませんよ。案外、本当に鬼の怪物かも」

「ええっ……」

急に不安になったのか、リーセリアはそわそわしはじめた。

この〈吸血鬼の女王(ヴァンパイア・クィーン)〉は、意外と怖がりなのだ。

「ところで、セリアさん……」

と、レオニスはぽつりと口を開いた。

「……？」

「今のうちに、〈第〇四戦術都市(フォース・アサルト・ガーデン)〉でなにがあったか、話してくれますか」

「あ、うん、そうね。ええっと……」

リーセリアは頷(うなず)くと、おとがいに手をあてて、

「いろいろなことがありすぎて、なにから話せばいいのかな……」

少しずつ、思い出すように話しはじめた。

咲耶(さくや)と二人で乗り込んだ地下施設で、〈魔剣の女王〉となったエルフィーネと戦い、彼女を救い出したこと。レギーナたちと合流しに向かう途中、虚無卿(ヴォイド・ロード)ネファケス・レイザードに襲われたこと。そして——

「──女神様の声が聞こえたの」

「……」

リーセリアの中に目覚めた女神は、彼女の〈聖剣〉──〈誓約の魔血剣(ブラッディ・ソード)〉の真の力を解放し、ネファケスを一瞬で倒したのだ。

「……ええっと。それで、その後のことは、正直、夢みたいな話なんだけど。レオ君、信じてくれる？」

「信じますよ。セリアさんの言葉を疑うことはありません」

「ふふ、ありがとう、レオ君」

リーセリアは微笑(ほほえ)むと、

「……わたし、女神様の力で過去に跳んで──」

彼女はまっすぐにレオニスの眼(め)をみつめた。

「子供の頃のレオ君と出会ったの」

約一〇〇〇年前の〈ログナス王国〉の城下町で──

リーセリアはレオニスと出会い、数ヶ月(すうかげつ)にわたって、共に生活をした。

そして、その過去の世界で、レオニスに〈聖剣〉の力を目覚めさせたのだ。

「……はい……覚えて、います。あの時のことは」

「え……？」

リーセリアは眼を見開いた。

「セリアさんと一緒に、ログナス王国騎士団に入ったこと。〈魔王〉からセリアさんを守るために、〈聖剣〉が目覚めたことも」

「レオ君も、覚えてる……じゃあ、あれは――」

「はい、夢でも幻でもない、本当にあったこと……なんだと思います」

リーセリアの魂を過去に送り、因果の糸を紡いだ、とロゼリアは言った。

レオニスとリーセリアが、再び一〇〇〇年後の世界で出会うために。

「……やっぱり、そうなのね。夢じゃなかったんだ……」

リーセリアは、レオニスの顔をじっと見つめた。

「女神様、ロゼリア――って名乗ったわ」

「……」

「前に言ってた、レオ君の探してた人……よね？」

「はい……」

と、レオニスは頷く。

「〈女神〉――ロゼリア・イシュタリス。僕がずっと、探していた人です」

「レオ君の探してた人が、わたしの中に？」

「そうです。彼女はずっと、セリアさんの中にいた――」

そう答えると、リーセリアはあわてた様子で、

「あ、あの、レオ君の探してた人がわたしの中に眠ってたなんて、全然気が付かなくて」

「いえ、当然です。彼女の魂は、ずっと眠っていたんです」

「でも、どうしてわたしの中に……？」

リーセリアは自身の胸に手をあてる。

「それは――」

その時、チリンと鈴の音が鳴った。

「……!?」

「――またせたな、客人たちよ」

そして、奥の襖がゆっくりと開くのだった。

◆

襖の奥から現れたのは――鬼だった。

否、〈桜蘭〉の鬼の面を被った、長身の男だ。

ぞろりとした、不思議な紋様の外套を身に纏ったその男は、

「我が民を、化け物から救ってくれたそうだな。まずは礼を言う」

二人に対して、深々と頭を下げた。

（ふむ、神を名乗るからには、どんな傲岸不遜な奴かと思ったが……）

自身のことは棚に上げつつ、レオニスは目の前の男をじっと観察した。

神の眷属や魔神の類は、過去に幾度も見てきたが、そうは見えない。

しかし。

（……巧妙に隠蔽しているが、この男、すさまじい魔力の持ち主だ）

レオニスは警戒する。無論、顔に出すことはないが。

やはり、この集落に結界を張ったのは、この男なのだろう。

「して、客人よ。お前たちはどこから……む？」

と――

鬼の面の奥で、眼光が鋭く光った。

その視線はリーセリアではなく、レオニスを凝視しているようだ。

「な、なぜ――」

と、仮面の男は息を呑む。

「あ、あの……鬼神様？　なにか失礼がありましたか？」

思わず、リーセリアが声をかけると、

「……い、いや、な、なんでもない」

鬼の仮面の奥で、男は小さく咳払(せきばら)いする。

「それで、お前たちは、どこから来た？」

狼狽(ろうばい)はすぐになりをひそめ、威厳のある声が部屋に響く。

リーセリアは背筋をぴんと伸ばして答えた。

「わたしたちは人類統合帝国〈第〇七戦術都市(セヴンス・アサルト・ガーデン)〉、〈聖剣学院〉第十八小隊所属の〈聖剣士〉です。事故で船が漂流してしまい、この土地に流れ着きました」

次元転移のことを話しても怪しまれるだけなので、海難事故ということにする。

「……」

――と、鬼神様(おにがみさま)はしばし、沈黙して。

「セヴンス……なんだ、それは？」

厳(いか)めしい声で訊(たず)ねてくる。

「え、ええっと……ちょっと、待ってください」

リーセリアは制服のポケットから、端末を取り出した。

「〈第〇七戦術都市〉というのは、〈ヴォイド〉に対抗するための移動要塞で――」

画面を見せながら、丁寧に説明する。

六十四年前、〈ヴォイド〉が出現し、人類が滅亡の危機に陥ったこと。

人類は最新の魔導テクノロジーの粋を集めた〈戦術都市〉と、〈聖剣〉の力で、かろうじて〈ヴォイド〉に対抗していることを。

「──なるほど。あの化け物は〈ヴォイド〉と呼称するのか」

鬼の面の男は、端末の画面に眼(め)を落とし、興味深げに呟(つぶや)いた。

「そして、お前たちは〈聖剣〉とやらの力を使う騎士階級か」

それから、レオニスのほうに視線を移し──

「その、連れの子供も騎士なのか？」

「はい。レオ君はまだ十歳ですけど、とても強くて……」

「……」

と、鬼の仮面の奥で、眼光が妖しく輝いた。

（……っ、〈読心〉の魔術？　俺の心を探ろうというのか？）

レオニスはすぐに気付いて、魔術遮断の障壁を展開した。

見えない防壁に阻まれ、〈読心〉の魔術は霧散する。

「……!?」

動揺の気配があった。

「……どうかしましたか？」

レオニスが無邪気な声で訊ねると、

「いや……ふむ、このような子供も、騎士として戦っているのだな」

鬼神様(おにがみ)は視線を逸(そ)らし、再びリーセリアのほうへ向きなおる。

「客人の騎士よ。見ての通り、ここは子供ばかりの集落だ。たいしたもてなしはできないが、そのセヴンス……なんとかの仲間と連絡がつくまで、しばし休まれるがよい」

「あ、ありがとうございます」

礼儀正しく頭を下げるリーセリア。

「では、これで失礼する」

鬼神様は外套(がいとう)を翻(ひるがえ)し、襖(ふすま)の奥へ姿を消した。

◆

「鬼神様、最初は怖かったけど、いい人みたいでよかったわね」

「……ええ、そうですね」

「けど、〈人類統合帝国〉を知らないなんて、いままでどこにいたのかしら」

話し合いながら、レオニスとリーセリアが社を出ると――

「――客人の泊まる場所、こっち」

先ほどの少女が外で待っていて、集落の外れにある空き家に案内してくれた。

「部屋はせまいけど、お布団はあるよ」

「どうもありがとう」

リーセリアは微笑んで、少女にお礼を言う。

「あと、お風呂は好きに入って」

「お風呂⁉」

リーセリアが眼を輝かせる。

「ど、どこにあるの？」

「お外にあるよ。温泉」

「温泉！　本物の、〈桜蘭〉の温泉……？」

リーセリアが嬉しそうな声を上げる。

「レオ君、温泉だって。あとで一緒に入りましょう」

「ぼ、僕はあとでいいです……」

レオニスは頬を赤くして、そっぽを向いた。

「そう？　それじゃあ、先に入ってくるわね♪」

「温泉は、こっち」

リーセリアは鼻歌など歌いながら、少女の案内についていくのだった。

「……さて」

と、一人になったレオニスは、腕組みして思案する。

(――いまのうちに、鬼神様(おにがみさま)とやらの正体を暴(あば)きに行くか)

レオニスはその正体に、すでになんとなくの察しがついていた。

まだ確証はないが、ほかに思いあたる存在もない。

レオニスの時代の魔術、それもかなり高位の魔術を扱う魔導師。

そして、レオニスの姿を見た時のあの反応。

(そう、奴(やつ)は〈不死者の魔王〉ではなく、この俺の姿に反応した……)

しかし、あの鬼神様の正体が〈奴〉だとすれば――

なぜ、こんな場所で、子供相手に神様の真似事(まねごと)などしているのか。

「まあいい、直接聞けば済むことだ」

レオニスは不敵に嗤(わら)い、自身の影の中に身を沈めるのだった。

◆

帝国標準時間一九〇〇(ヒトキユウマルマル)――〈第〇四戦術都市(フォース・アサルト・ガーデン)〉。

シャトレス王女の指揮する最前線の部隊が、〈セントラル・ガーデン〉中心部の〈巣(ハイヴ)〉を掃討し、中央魔力炉の制圧を完了した。

同時に、各エリアの魔力炉も再稼働をはじめ、艦隊から乗り込んで来た支援部隊が、地下シェルターに隠れた市民の誘導を開始した。

「市内の〈ヴォイド〉反応も、ほぼ消滅したそうよ」

言って、エルフィーネが端末から顔を上げる。

「ひとまず、奪還作戦は完了ってことだね」

ガラスの割れた窓から外の廃墟を眺めつつ、頷く咲耶。

第十八小隊が今いるのは、〈セントラル・ガーデン〉にあるドーナツショップだ。

床にはガラスと瓦礫の破片が散乱している。

「セリアお嬢様……」

テーブルの上で、レギーナは通信端末を握りしめ、強く唇を噛んだ。

その顔には、隠しきれない焦燥が滲んでいる。

行方不明になったリーセリアの居場所は、まだ掴めていない。

「先輩、お腹になにか入れた方がいいよ」

と、そんなレギーナの前に、咲耶がドーナツの箱を持ってくる。

「これ、お店のドーナツじゃないですか。だめですよ」

「どのみち廃棄されてしまうんだ。無駄にしてしまうよりはいい」

咲耶は箱からマフィンを取り出し、そのまま囓る。

「……」

「ほら、温かいココアもあるよ」

と、目の前にココアのカップを置く咲耶(さくや)。

〈雷切丸(らいきりまる)〉の権能で、無理矢理(むりやり)レンジを起動させたらしい。

「……いただきます」

咲耶の気遣いに感謝して、レギーナはココアをひと口する。

優しい甘さが、疲労した身体(からだ)に染みわたる。

箱からチョコドーナツを選んで、もぐもぐと頬張(ほおば)った。

（そういえば、あの娘(こ)もどこに行ってしまったんでしょうね……）

ドーナツの穴を見て、ふと、レギーナはあのメイド少女のことを思い出した。

レギーナが眼(め)を離した隙に、また姿を消してしまったのだ。

ここでメイド服姿の少女が歩いていれば、かなり目立つと思うが、ほかの部隊に目撃されたという情報はないようだ。

「せめて、セリアの識別信号を掴(つか)めればいいんだけど……」

エルフィーネが端末に眼を落としつつ、難しい顔をする。

〈第〇四戦術都市(フォース・アサルト・ガーデン)〉は広大だ。闇雲に探し回るわけにもいかない。

広域に展開した〈天眼の宝珠(アイ・オヴ・ザ・ウイッチ)〉のネットワークにも、反応はないようだ。

「やはり、ここにはいないんでしょうか……」

ドーナツのかけらをココアで流し込み、レギーナが呟いた、その時だ。

「――マスターの信号を検知しました」

と、ショーケースの並んだカウンターの裏で、無機質な声がした。

「……!?」

魔力貯蔵器に接続していたシュベルトライテである。

魔導人形の頭部の角が、光を明滅させている。

「……ほ、本当ですか!?」

レギーナがガタッと立ち上がる。

「ライテちゃんのマスターって、セリアお嬢様のことですよね?」

「肯定。信号の部隊識別番号が一致しました」

シュベルトライテは頷いて、割れた窓のほうを指差した。

「――あっちのほうです」

「あっちじゃわからないですよ」

「ええっと、これに接続できるかしら?」

エルフィーネがシュベルトライテに端末を手渡した。

と、シュベルトライテの角が青白く発光し、

「可能――リンク完了しました」

端末の画面に、〈聖剣学院〉第十八小隊所属、リーセリア・レイ・クリスタリア、と発信者の情報が表示される。

「セリアお嬢様！」

「うん、セリアの信号で間違いなさそうね……」

と、エルフィーネが頷(うなず)く。

「ライテちゃん、発信ポイントの情報をお願いします」

「かしこまりました」

端末の画面が、海域マップの表示に切り替わった。

〈第〇四戦術都市(フォース・アサルト・ガーデン)〉の南西三〇〇〇キロルの位置で、マーカーが点滅する。

「ええっ、どうしてこんな場所に？」

レギーナとエルフィーネは顔を見合わせた。

「これ、本当に、間違いないんですか？」

「肯定。信号はその場所から、発信されています」

レギーナが確認すると、シュベルトライテは無表情に首肯した。

「一番近くに展開しているのは、〈第〇五戦術都市(フィフス・アサルト・ガーデン)〉ね。ねえ、ここって――」

と、エルフィーネがなにかに気付いたように声を上げる。

「――〈桜蘭(おうらん)〉の北端だね」

端末を覗き込んだ咲耶が言った。

「……〈桜蘭〉!?　どうして、そんな場所に？」

困惑の表情を浮かべるレギーナ。咲耶はさあ、と首を横に振る。

「……わからないけれど、いまのところ、これがセリアの居場所に関する唯一の手がかりよ。とにかく、行ってみるしかないわね」

おとがいに手をあて、エルフィーネが呟く。

「〈桜蘭〉は遠いよ。〈第〇五戦術都市〉を経由して、何日かかるか……」

「今すぐ〈ハイペリオン〉に戦術航空機の使用許可を申請しましょう。なんだったら、わたしがシャトレス王女にかけあって――」

「それも時間がかかるわ。セリアがいま、どんな状況にいるかわからない以上、悠長なことはしていられない――」

エルフィーネは入り口のほうへ歩き出した。

「フィーネ先輩、どうするんです？」

「フィレットの所有する〈戦術航空機〉を接収しましょう」

「ええっ、そんなこと、できるんですか？」

「レギーナ、私を誰だと思っているの」

エルフィーネは振り返り、ふっと微笑んだ。

「五分もあれば、パイロット権限を書き換えられるわ」

「さすがです、先輩！　いきますよ、咲耶、ライテちゃん――」

レギーナたちも、あわてて外に走り出した。

「……」

そんな彼女たちの会話を、密かに聞いている者がいた。

無人になったドーナツショップの椅子の影から、ぬっと人影が現れる。

（……魔王様は、眷属と一緒におられるかもしれません）

口にドーナツをくわえたシャーリは、ショーケースの中のドーナツをまとめて〈影の王国〉に放り込むと、彼女たちのあとを追うのだった。

◆

「……っ、一体、どういうことだ……!?」

神を祀る社の最奥の間。

誰にも立ち入ることを許していない、その場所で。

鬼の面の男は唸るように独りごちた。

「――なぜ、六英雄の〈勇者〉がここにいる!?」

あの少女の隣にいた、子供の顔。

絶対に見間違えようはずもない。

あれは、〈勇者〉――レオニス＝シェアルトだ。

「まさか、奴も我と同じように復活したというのか？　しかし、〈不死者の魔王〉の姿ではなく、なぜ〈勇者〉の肉体で……？」

鬼の仮面の男は頭を抱えた。

集落の子供たちには絶対に見せることのない、取り乱した姿だ。

「……そもそも、彼奴がここに現れた理由はなんだ？」

偶然、であるはずがない。なにか、明確な目的があるはずだ。

それに――

（……なんとなくだが、あの娘のほうも見覚えがある気がするぞ）

そちらのほうは曖昧な記憶だが……

（我の正体には、まだ気付いていないようではある、が……）

しかし、怪しまれてはいるようだ。

〈不死者の魔王〉ではなく、〈勇者〉のほうであれば、魔術はろくに使えぬと侮り、〈読心〉の魔術をしかけたのがまずかった。

（今のところ目的は不明だが、もし、この村を支配しに来たのであれば――）

……戦わざるを得まい。

そう、静かに覚悟を決め、立てかけた大剣を手に取った。今の彼奴の力は不明だが、もし全盛期の力を維持しているのであれば、勝機はないに等しい。

「……騙し討ち、食事に毒を盛るか？　いや、しかし——」

あの〈勇者〉はまだ、こちらの正体に気付いていないのだ。

手を出すことで、かえって藪蛇になる可能性もある。

と、そんな堂々巡りの思考を繰り返していると。

「——ふん、穏やかではないな。だまし討ちとは」

「……っ！」

蝋燭の火に照らされ、長く伸びた柱の影の中から、ぬっと少年が現れた。

「……っ、ゆ、勇者レオニス!?」

影から出てきた少年は彼を見上げて、不敵に嗤った。

「随分と久しいな。〈放浪の魔王〉ゾール＝ヴァディスよ」

聖剣学院の
魔剣使い
Demon's Sword Master
of Excalibur School

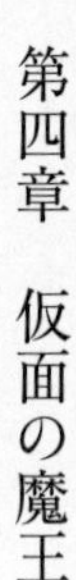

第四章　仮面の魔王

Demon's Sword Master of Excalibur School

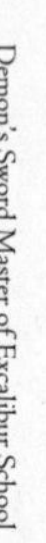

〈放浪の魔王〉――ゾール＝ヴァディス。

〈叛逆の女神〉の興した〈魔王軍〉以前に地上を支配した、旧時代の〈魔王〉。

彼は英雄の星の下に生まれた〈勇者〉であったが、闇の力に誘惑され、堕落した。

後に、ログナス王国の〈勇者〉レオニスによって討伐されるが、その十数年後、レオニスが新たな〈魔王〉として台頭しはじめた頃、再び甦り、世界を席巻した。

しかし、ゾール＝ヴァディスの二度目の栄光は、長くは続かなかった。

彼は、力を付けた〈不死者の魔王〉に破れ〈叛逆の女神〉の軍門に降ることになる。

ロゼリア・イシュタリスの〈魔王軍〉に加わった、最後の魔王。

ゾール＝ヴァディスの名を捨てた彼は、領地も城も、配下も持たず、気まぐれに戦場に現れては、存分に暴れ回った。

ゆえに、彼は名も無き、〈放浪の魔王〉と呼ばれ、恐れられた。

その真の正体を知るのは、彼を滅ぼしたレオニスのみである。

「……――な」

――と、ようやく。彼は鬼の仮面の奥で、声を発した。

「……何のことだ？　ま、魔王？」

「……とぼけるな」

レオニスは半眼で睨んだ。

「もう茶番はよかろう。力を隠しているようだが、俺の目は誤魔化せんぞ。この集落を覆う結界魔術、それに、俺のこの姿に反応したな？」

「……そ、れは……くっ……」

仮面の男は、ぐっと言葉に詰まった。

しばし、沈黙を挟んだ後――

「くくく、くくくくっ――」

やがて、開き直ったように含み笑いを漏らした。

「――ああ、その通りだ」

バッと外套を翻し、レオニスと対峙する。

「いかにも、我は〈魔王〉――ゾール・ヴァディス！」

「ふん、認めたな」

「……なに？」

「確信はなかった。勇者時代の俺の姿を知っているのは、なにもお前だけではないしな」

「……っ、かまをかけたのか？」

「まあ、そういうことだ」

ゾール＝ヴァディスは仮面の奥で、ぐぬと苦々しく唸った。

「――レオニス。貴様は、どっちなのだ？」

「どっち、とは？」

「〈勇者〉レオニスなのか、それとも〈不死者の魔王〉――デス・マグナスなのか」

「ああ、なるほど」

と、レオニスは納得したように頷くと、

「ゆえあって、今はこのようななりだが、俺は〈不死者の魔王〉だ」

足もとの影から、〈封罪の魔杖〉を取り出してみせた。

「――そうか。どうりで、魔術に長けているはずだ」

ゾール＝ヴァディスは壁に立てかけた愛剣を手に取り、レオニスを見下ろした。

「ひとつ問おう、〈不死者の魔王〉が、なぜここに現れた？」

「それは――」

次元崩壊の余波で偶然ここに飛ばされたのだ、と正直に答えようとして――

（……待てよ）

ふと、レオニスの脳裏に疑問が浮かんだ。

転移した場所に偶然、旧知の〈魔王〉がいた。

そんなことが、あり得るだろうか……？

……何者かの意思が介在している、と考えるのがむしろ自然だ。

そして、レオニスにはその心当たりがあった。

（ロゼリアが、ここに誘ったのか……？）

彼女であれば、転移する場所を変えることなど、造作もないはずだ。

だとすれば、彼女はレオニスをゾール＝ヴァディスに引き合わせようとしたのか？

レオニスが思案していると——

ゾール＝ヴァディスが、魔剣——〈暴食〉の切っ先をレオニスに向けてくる。

「答えよ、〈不死者の魔王〉。お前はこの地を蹂躙しに来たのか？」

「違う、そうではない」

レオニスは首を横に振った。

「お前とことを構える気はない。虚無の〈使徒〉ではないようだからな」

「……使徒？　なんのことだ？」

「やはり、この世界のことをまったく知らぬようだな」

自慢げに言うレオニス。

「なに……？」

「ゾール＝ヴァディスよ、お前がこの世界に甦ったのは、いつ頃だ？」

「我が甦ったのは、およそ半年ほど前だが……」

「ふむ、俺が目覚めたのと、そう変わらぬのか」

と、レオニスは〈封罪の魔杖〉を床に置き、その場に座り込んだ。

「なんのつもりだ？」

ゾール＝ヴァディスが胡乱そうに訊ねる。

レオニスは影の中から、黄金の酒杯をふたつ取りだした。

「一〇〇〇年ぶりに出会ったのだ。ひとつ、再会の宴といこうではないか」

◆

蝋燭の火が、襖に影を映し出す。

〈不死者の魔王〉と〈放浪の魔王〉。一〇〇〇年の時を超え、再び邂逅した二人の〈魔王〉は、揺れる灯の下で酒杯を交わしあった。

「なかなか良い葡萄酒だ。アーバー諸島の美酒には及ばぬが」

「気に入ってくれたか。それは〈第〇七戦術都市〉のデパートで手に入れた一品だ」

レオニスは満足げに頷くと、酒杯を傾けた。

こちらの酒杯に入っているのは、ワインではなく葡萄ジュースである。

十歳のこの身体で酒を飲むと、すぐに酩酊してしまうのだ。

「第七——たしか、現生人類の都市国家だったな」

「ああ、魔導技術の粋を凝らした、超巨大な移動要塞だ。実際に見れば驚くぞ」

「ふむ……」

〈放浪の魔王〉は鬼の仮面の下で、杯に注がれた酒を器用に飲み干した。

レオニスでさえ、この魔王が仮面を外すところは、一度も見たことがない。

「そういえば、前の仮面はどうした?」

ふと、疑問に思い、レオニスは訊ねた。

〈放浪の魔王〉の仮面といえば、髑髏を模したものだったはずである。

「あの髑髏面は、この世界で目覚めたときに割れてしまってな。まあ、たいして思い入れのあるものでもない。この鬼の面は、社に祀られていたものを拝借した。土地の守り神を象ったものだそうだ。なかなか気に入っている」

「ふむ、人間たちが鬼を守り神としているのか……」

レオニスの知る鬼といえば——〈鬼神王〉ディゾルフの率いるオーガ族だ。

人食いの魔物が、信仰の対象になるのだろうか——?

(……興味深いな。こんど、咲耶にでも訊いてみるか)

と——

ことり、とゾール＝ヴァディスが酒杯を床に置き、口を開いた。

「では、そろそろ話して貰おうか。この世界のことを」

「ああ——」

と、レオニスは頷いて、これまでの経緯を話しはじめた。

〈ヴォイド〉と、人類に目覚めた〈聖剣〉の力。

各地で復活を遂げた〈魔王〉と〈六英雄〉。

この世界と異なる位相に存在する〈虚無世界〉。暗躍する虚無の〈使徒〉。

……——そして、蝋燭の長さが半分になった頃。

「……そうか。ガゾス、ヴェイラ、リヴァイズ、それに〈六英雄〉が……」

レオニスの話を聞いたゾール＝ヴァディスは、唸るように呟いた。

「そして、お前は転生に失敗し、そのような姿になった、と——」

「まあ、そんなところだ」

少し憮然として答えるレオニス。

「なるほど。我の想像していた以上に、この世界は変わりはてているのだな」

「ああ。一〇〇〇年の封印を解かれてみれば、この有様だ。まったく——」

と、ゾール＝ヴァディスの酒杯にワインを注ぎつつ、レオニスは口を開く。

「では、そろそろ俺のほうも質問をさせてもらおうか」

「……」

〈放浪の魔王〉は、仮面の顔をわずかに上げた。

「ゾール＝ヴァディスよ、お前はここでなにをしている？〈放浪の魔王〉として名を馳せたお前が、なぜ人間の子供を集め、神の真似事などしているのだ？」

それは、たんに純粋な疑問だった。

〈放浪の魔王〉は、領地も城も持たず、ひとところにとどまることのない〈魔王〉だ。

たしかに、時には気まぐれに人を救うこともあったと聞く。

しかし、少なくとも自身の民を持ったことはないはずである。

「――らしくもない、とは思う。我ながら、な」

ゾール＝ヴァディスは酒杯に口をつけ、口を開く。

「――俺は、この地の都の廃墟で目覚めた」

と、古の魔王は語った。

「ここより南に下った場所にある都だ。以前は壮麗な建物が建ち並んでいたのだろうその都は、無惨に破壊され、朽ち果てていた。人間の骸や骨はひとつも見つからず、生命の気配は虫一匹存在しなかった」

レオニスは、その場所に心当たりがあった。

咲耶の故郷、〈桜蘭〉の都に違いない。

〈ヴォイド〉は人を食らい尽くす。あたかも、存在そのものを消し去るかのように。

「なぜ、ひとたび滅びた我が甦ることができたのか。その理由もわからぬままに、我はこの地を彷徨った。まれにその〈ヴォイド〉とかいう、化け物の相手をしつつ、な――」

「ふむ……」

「そして、我はこの地に流れ着いた。子供たちだけの集落だ。おそらく、あの化け物に滅ぼされた都の民が避難してきたのだろう。子供しかいない理由はすぐにわかった。年配の者はみな、子供を守るため、化け物と戦い、殺されたのだ」

子供たちは、ここにもともとあった集落の廃墟に隠れ住んでいたようだ。

〈放浪の魔王〉が集落をおとずれたちょうどその時、〈ヴォイド〉の群れが現れた。

大人の戦士はすでに死に絶え、子供たちを守るものは、何もなかった。

「――俺は化け物どもを殺戮した」

子供を助けよう、などと思ったわけではない。

ただ、眼の前の化け物が穢らわしく、目障りだっただけだ。

しかし、子供たちは、〈ヴォイド〉を一瞬で滅ぼし尽くした〈放浪の魔王〉を、神様とでも思ったようだ。彼にここにとどまるよう懇願した。

「冗談ではない、唾棄すべき神の真似事など――と、思った」

ゾール＝ヴァディスは、〈桜蘭〉の鬼の仮面に触れた。

「我はここを立ち去ろうとした。子供たちは化け物に殺されるだろうが、そんなことはどうでもよかった。そのはず、だった。しかし――」

子供たちの眼差し(まなざ)しが、彼を引き留めた。

結局、〈放浪の魔王〉は、この地にとどまった。

鬼の仮面を着け、この地の守護者となった。

そして、いつのまにか、半年以上の年月が経(た)っていた。

「何故(なぜ)、と問われれば――何故なのだろうな。我自身も戸惑っているのだ。〈放浪の魔王〉と呼ばれ、戦場を彷徨い歩くのが常であった我が、な」

ゾール＝ヴァディスは酒杯の縁を軽く叩(たた)く。

「我を嗤(わら)うか？　〈不死者の魔王〉よ」

「……いや、俺の言えた義理ではないからな」

と、レオニスは自嘲気味に答えた。

レオニスもまた、人間に入れ込みすぎていることは自覚している。

〈魔剣〉を使うため、〈第〇七戦術都市(セヴンス・アサルト・ガーデン)〉を守るべき〈王国〉と規定した。

ゆえに、レオニスはあの都市に住む民を――〈聖剣学院〉を守る。

理由は、それだけのはずだった。

（……まったく、度し難(がた)いな）

と、胸中で苦笑する。

ゾール＝ヴァディスも、同じ英雄の星の下に生まれた〈勇者〉だ。

なにか、似通っているところがあるのかもしれない。

ふっと蝋燭の火が消えた。

「さて、我の話はこんなところだが――」

言って、ゾール＝ヴァディスは立ち上がった。

「美味い酒だった。礼を言うぞ、〈不死者の魔王〉よ」

「待て、ゾール＝ヴァディスよ」

と、立ち去ろうとするその背中に、レオニスは声をかけた。

「俺と共に、〈魔王軍〉に加わらぬか？　お前の力と知謀が欲しい」

「……」

ゾール＝ヴァディスは立ち止まった。

振り返り、仮面の奥でレオニスをじっと見下ろすと、

「断る。我は〈放浪の魔王〉、気ままに動くのが信条だ」

「……そうか」

と、レオニスはあっさり受け入れた。

……しかたあるまい。これは、そういう在り方の〈魔王〉なのだ。

◆

陽が落ちて。社を出たレオニスは、宿としてあてがわれた廃屋敷に戻った。

頭上に魔力の明かりを灯し、軋む廊下を歩く。

（……結局、奴を引き入れることはできなかったな）

まあ、敵対しなかっただけでも、よしとしよう。

〈放浪の魔王〉を縛ることは、何人たりとも不可能だ。

それが、たとえ、〈叛逆の女神〉であったとしても。

（それに、奴の名を勝手に名乗っているのを知られるのも、まずいしな）

〈狼魔衆〉を配下に引き入れる際、レオニスがゾール＝ヴァディスの名を名乗ったのは、彼が倒した旧魔王へのリスペクトであると同時に、どこかに潜んでいるかもしれない、〈魔王軍〉の同志への隠しメッセージの意味もあった。

あの頃は、まさか他の〈魔王〉たちが甦ってくるとは思わなかったのだ。

（しかし、ここで奴と出会ったのが偶然とは、やはり思えんな）

この邂逅に、ロゼリアの意思が介在しているのは間違いない。

これもまた、彼女の編む因果の糸なのか――

（ロゼリア……）

と、レオニスは胸中で彼女の名を呟く。

――一〇〇〇年前、約束を遺して姿を消した、〈叛逆の女神〉。

先ほどのあれは、やはり幻だったのではないかと、そんなことを考えてしまう。

（――君はこの世界で、俺に何をさせようとしているんだ？）

レオニスは用意された部屋の前で足を止めた。

襖を開けると、下着姿のリーセリアが振り向いた。

「あ、レオ君。どこに行ってたの？」

「……～っ！」

レオニスの顔がカアッと赤くなる。

「セ、セリアさん、服を着てください」

視線をそらし、こほんと咳払いする。

「あ、うん……こういう服、普段着ないから、どう着るのかなって」

リーセリアが手にしているのは、用意された〈桜蘭〉の寝間着だった。

「咲耶さんの着物と一緒じゃないですか。あの〈封神祀〉のときの」

「じゃあ、帯で締めるのね。帯は……あ、これね」

リーセリアは寝間着に袖を通すと、くるくると帯を締める。

濡れそぼった白銀の髪に、黒地の生地がよく映える。

火照った肌から、ほのかに湯気が立っている。

レオニスは部屋に足を踏み入れると、制服の上着を脱ぎつつ言った。

「物珍しかったので、集落を散歩してきました。温泉はどうでしたか？」

「うん、聞いて聞いて♪　温泉、すごかったの」

訊ねると、リーセリアはうっとりとした表情で、

「〈第〇七戦術都市〉のお風呂とは全然違うわ。身体がすっごくあったまるの。木の葉が水面に浮かんでいて……そうだ、本物の動物もいたのよ」

「動物？」

「きっとリスよ。大きさは犬くらいあったけど──」

「それ、リスじゃないですよ。たぶん」

「そうなのかな？」

「カピバラじゃないですか？」

「あ、言われてみればそうかも……」

と、そんな会話をしつつ、レオニスも用意された〈桜蘭〉の寝間着に着替える。

「救難信号に、反応はありましたか？」

「ううん、まだ。信号が届いているかどうかもわからないわ」

「……そうですか」

まあ、〈虚無世界〉でなければ、帰還する手段はいくらでもある。時間はかかるだろうが、〈屍骨竜(スカル・ドラゴン)〉で〈第〇七戦術都市(セヴンス・アサルト・ガーデン)〉まで飛行すればいい。

(……そういえば、俺の〈エンディミオン〉はどうなったのだろうな)

〈次元城〉に突貫した最新鋭の魔導戦艦もまた、あの崩壊に巻き込まれたのだろうか。

乗組員のスケルトン兵は、もうただの骨に戻っているかもしれない。

レオニスが、そんなあれこれを考えていると——

ふと、燭台(しょくだい)の炎が揺れ、冷たい指先がレオニスの首にあてられた。

「……セリアさん？」

「レオ君……い、いいかな？」

耳もとで囁(ささや)く、眷属(けんぞく)の少女。

かぷっと耳たぶを甘噛(あまが)みされる。

「はい……」

薄闇に響く、衣擦(きぬず)れの音。

襟元をわずかに開き、リーセリアに背中をあずけるレオニス。

……そろそろ、吸血衝動が来るころだと思っていた。

〈第〇四戦術都市(フォース・アサルト・ガーデン)〉の戦いで、かなりの魔力を消耗したはずだ。

しっとりとした湯上がりの頬が、首にぴとっと張りついた。

「……んっ……ぁむっ……」

彼女の小さな牙が、首筋をそっと噛む。

よほど渇いていたのか、いつもより遠慮がない。

レオニスは拳を握り、情けない声があがるのを抑えた。

「そ、そういえば……」

甘い快楽に抵抗しつつ、レオニスは訊ねる。

「セリアさん、過去の世界では、吸血衝動をどうしていたんですか？」

「……え？」

と、リーセリアの唇が首から離れた。

「吸血衝動は、あったんですよね？」

「そ、それは……」

「……」

そっと眼を逸らしたリーセリアを、レオニスはジト眼で睨んだ。

「吸ったんですね？　僕の血を……」

「ちょ、ちょっとだけ、ね……」

気まずそうに白状する、眷属の少女。

「ほ、本当にちょっとよ！　あの頃のレオ君は、普通の子供だから」

「……そうですか、吸ったんですね。僕以外から」

レオニスがジト眼のまま呟くと、

「で、でも、レオ君はレオ君で……って――」

リーセリアはあわてて両手を振り――

ふと気付いたように、レオニスをじーっと見つめた。

「な、なんですか……？」

「レオ君、ひょっとして、焼き餅やいてるの？」

「……～っ、なっ、ち、違います！」

「ふーん？」

リーセリアはくすっと微笑むと、レオニスを床に押し倒した。

「わっ⁉」

組み伏せた姿勢のまま、首筋に唇を押しあてる。

「……んっ……ちゅ……♪」

「は、はしたないですよ、セリアさん……」

「うん、はしたなくてごめんね……あむっ♪」

かまわずに、吸血を続けるリーセリア。

濡れた赤い瞳が、妖しく輝いている。

「セリアさ……んっ――」

「レオ君」

と――

首筋に牙を突き立てたまま、彼女はレオニスの身体をぎゅっと抱きしめた。

「――ずっと、不安だった。本当に、元の世界に帰れるのかなって」

「……」

ぽつり、と零れた彼女の言葉に、レオニスはハッとした。

抱きしめる腕の力が、ますます強くなる。

「レオ君のこと、心配だった。片時だって忘れなかったよ」

「セリアさん……」

レオニスは天井を見上げたまま、全身の力を抜いた。

首筋に走る甘い疼痛。

痺れるような快感に身を任せようとした、その時。

「――ああ、これは、タイミングが悪かったようだね」

「……っ!?」

頭上から降って来たその声に、レオニスは眼を見開く。

仰向(あおむ)けに横たわった、レオニスの視線の先——

そこに——

「ロ、ロゼリア!?」

「ふああっ!?」

二人同時に声を上げ、部屋の天井を振り仰ぐ。

「——いや、魔力の補給は大事だからね。わたしには構わず、続けてくれ」

美しい夜色の髪をなびかせて——

〈叛逆(はんぎゃく)の女神〉が、二人を無表情に見下ろしていた。

◆

「——なに、少し驚いただけだ。なかなか刺激的な光景だったよ」

居ずまいをただして正座する、二人の頭上で——

ロゼリア・イシュタリスは、そう告げた。

「……………〜っ！」

リーセリアは顔を真っ赤にして俯(うつむ)いている。

「邪魔をしてすまなかった。わたしは消えるとしよう」

言って、宙に浮かんだロゼリアの姿が、すーっと消えてゆく。

「ま、待て！」

「――待って！」

レオニスとリーセリアは、また同時に声を上げた。

「……あなたに、訊きたいことがあるんです」

ロゼリアをまっすぐに見上げて、リーセリアは言った。

「レオ君の探してた人――ですよね。あなたのこと、教えて欲しいんです」

真紅の光を帯びたリーセリアの眼は、透き通った蒼氷に戻っている。

ロゼリアは、彼女の顔をじっと見下ろした。

「ロゼリア――」

レオニスもリーセリアの横に立ち、口を開いた。

「俺にも話してほしい。俺の知らない、君のことを」

「レオ君……」

リーセリアはハッとしてレオニスのほうを見た。

その口調が、普段の彼と少し違うことに驚く。

「――ああ、わかっているよ」

と、ロゼリアは静かに告げて、屋敷の廊下のほうに視線を向けた。

「外へ出ようか。ここはとても、星が綺麗だから」

屋敷の外に出ると、満天の星空が広がっていた。

〈第〇七戦術都市〉や〈帝都〉では、見ることのできなかった光景だ。

〈虚無世界〉の影——〈凶星〉は出ていない。

ロゼリアは空を見上げ、二人のほうを振り返った。

「——さて、なにを話そうか」

「すべてを」

彼女の顔を見据え、レオニスは言った。

「すべて、か。長い話になるよ」

そう言って、ロゼリアは、リーセリアのほうへ視線を向ける。

「そして、レオニス——君のことを彼女に話すことになる。君の、すべてを」

「……ああ。構わない。そうしなければならぬ頃合いだとは、思っていた」

「レオ君……？」

きょとんとして、隣のレオニスを見つめるリーセリア。

「——わかった。それじゃあ、すべてを話すとしよう」

ロゼリアはふわりと宙に浮かび上がると——

天の星空をまっすぐに指差して、言った。

「わたしは、あの宙の彼方で生まれたんだ――」

――と。

そして、〈女神〉は語りはじめる。

この星の、すべての始まりを――

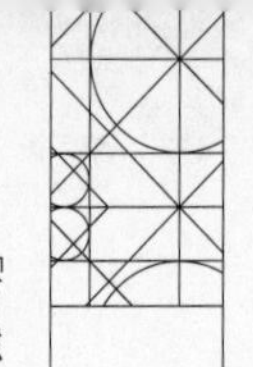

第五章　一〇〇〇年の祈りを

Demon's Sword Master of Excalibur School

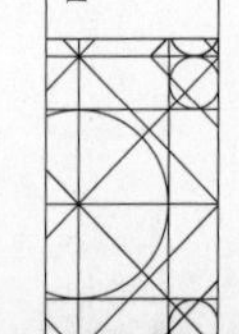

「百億の昼と、千億の夜を超えた、時の彼方。

はるか遠い、巨大な星の海の片隅で――

星々のエネルギーが意思を持ち、生命としての形を為した」

満天の星の下、〈女神〉――ロゼリア・イシュタリスは語りはじめる。

彼女の来歴を――彼女を含めた神々の罪業を。

それはすなわち、この星のすべてを語ることに等しい。

「――それが、〈光の神々〉と呼ばれる存在。わたしもその一つだった」

「星の……神様？」

と、リーセリアが眼を見開く。

「そう、星の力の具現化した存在。それがわたしたち、神と呼ばれるものだ」

唖然とするリーセリアに、ロゼリアは優しく微笑んだ。

「――信じられない、という顔をしているね、リーセリア・クリスタリア」

「いえ、そ、その……いきなり、スケールが途方もなくて……」

「無理もない。けど、安心してくれ。レオニスも同じような顔をしているよ」

「……？」

リーセリアが横を向くと――

レオニスもまた、困惑の表情を浮かべている。

「レオ君も、知らない話なの……？」

訊かれたレオニスは、こくっと頷く。

「……はい。彼女が〈光の神々〉の一柱であることは、知っていましたけど」

「君たちに理解が難しいことは、承知の上だよ」

と、ロゼリアは静かに首を振った。

「けれど、すべてを話すには、最初の最初――わたしたち神々の犯した罪と、その罰を語らなくてはならないんだ」

「……わかった。続けてくれ、ロゼリア」

ロゼリアは頷くと、再び話をはじめた。

「星より生まれた〈光の神々〉は、無限の虚空を渡り、宙のすべてを支配した。

すべての力、すべての知恵、すべての栄光を。

けれど、彼等はそれだけでは満たされなかった。

この世界のすべてを手に入れてなお、その欲は尽きることがなかった。

――そして、ある時。

彼らは愚かにも、求めてはいけないものを求めてしまった」

言って、ロゼリアは、空の星に手を伸ばす。

まるで、樹(き)に生った果実をもぐように。

「求めてはいけないもの？」

「ああ、そうだ――」

訊(たず)ねるレオニスに、ロゼリアは答える。

「この世のすべてを手に入れた、〈光の神々(ルミナス・パワーズ)〉の求めたもの――

それは、この世界の根源。宇宙の真理。

我らはどこから来て、どこへ行くのか。その完璧な答え」

すなわち、世界の果ての外側には何があるのか――？

神々は、その究極の答えを求めようとしたのだ。

「あるいは、それはわたしたちが神の姿を得る前の星の本能だったのかもしれない。〈光の神々〉は、莫大(ばくだい)な星の力を一点に収束し、宙にほんの小さな穴を開けた」

それは針の穴ほどの、小さな裂け目。

だが、その裂け目こそ、すべての始まりだった。

――すべての終わりの、始まりだった。

「そこには、〈光の神々〉の求めた真理などはなかった。

裂け目から溢れ出したのは――〈虚無〉だった」

「……!?」

ハッとする二人の顔を見て、ロゼリアは頷く。

「――そう、君たちが〈ヴォイド〉と呼ぶもの。その根源だ」

それが世界の真理などではないと、気付いた時にはすでに遅かった。

世界の裂け目より溢れ出した虚無は、〈光の神々〉を一瞬で消し去った。

そして、宙の星々を蝕み、星に住む生命体を〈ヴォイド〉に変貌させたのだ。

「宙に輝く無数の星々が虚無に呑み込まれて消滅した。

虚無による侵蝕から、運よく逃れることのできた〈光の神々〉は、星の海と数多の次元を渡り、かろうじて逃げ延びた」

そして、数万年の後――

逃げ延びた七人の〈光の神々〉が、この星に到達した。

「――そのうちの一人が、わたしだ」

「……!?」

そこで、ロゼリアは一度、言葉を切った。

二人がこの途方もない話を呑み込めているかどうか、確認するように。

「ここまでは、大丈夫かな？」

教え子に接する教師のように、訊ねてくる。

「あ、ああ……」

と、困惑した表情を浮かべつつ、頷くレオニス。

「たしかに途方もない話だが、理解するように……努めよう」

「……は、はい……な、なんとか……」

リーセリアも倣って頷く。

「それは助かる。では、話を続けよう——」

二人の反応を確認すると——

ロゼリアは虚空に手を差し伸べる。

と、二人の真上に大きな球体の映像が投影された。

「これは……？」

と、訊ねるレオニス。

「この星だよ。そう——約一二〇〇〇年前のね」

「……一二〇〇〇年!?」

驚く二人に、ロゼリアは苦笑する。

「そんなに驚くことはない。神の視座では、ほんの最近のことさ」

虚空に生まれた星球儀に、七つの光が重なった。

「数万年にわたる逃走で、力を使い果たした〈光の神々(ルミナス・パワーズ)〉は、自身の存在をエネルギーに変え、この星と融合することで、どうにか生き存(いなが)えた」

しかし、いずれこの星にも、〈虚無〉の尖兵(せんぺい)が到達するのは明らかだった。

〈光の神々〉は、来(きた)る〈ヴォイド〉の侵略に備え、戦力を整えることにした。

この星の知的生命体に、〈ヴォイド〉と戦うための力とテクノロジーを与えたのだ。

星の映像の中に、二足歩行をする人型の生物の姿が映し出される。

青白く輝く肌。手足がすらりと長く、耳がナイフのように尖(とが)っている。

エルフに似た特徴を持つ種族のようだ。

「これは、わたしたちが到来した時、この星の支配者だった種の姿だよ」

言って、ロゼリアは指先をくるっと回した。

と、虚空に映し出された星の周囲に、無数の流線系の構造物が現れた。

「……あれはもしかして、船か?」

レオニスが、食い入るように映像を見つめて言った。

「そう。古代の民に建造させた――宙船(そらふね)の艦隊だ」

ロゼリアが指先を回すと、また様々な映像が映し出された。

竜よりも速く空を自在に飛び回る〈天空城(アズール・フォート)〉。

遠く離れた場所に瞬時に姿を現す、〈次元城〉。

大海を移動する、〈第〇七戦術都市〉によく似た超大型の機動要塞。

荒れ地を行軍する、甲殻類のような姿をした無数の〈機骸兵〉。

そして、宙を駆ける数十体の〈機神〉の姿――

「……ライテちゃん⁉」

見覚えのある姿に、リーセリアが声を上げた。

「ああ、同一個体ではないが、同じ〈ヴァルキリー〉のシリーズだ。最高傑作〈シュベルトライテ〉の原型となる兵器は、この時代に製造された」

「はあ……」

次に現れた映像に、その視線が釘付けになった。

と、リーセリアは、よくわからないまま頷いて――

「……っ、あれは――〈ヴォイド〉⁉」

映し出されたのは、不気味な瘴気を纏う、おぞましい怪物の姿だ。

彼女の知っている、どのタイプの〈ヴォイド〉とも異なる。

だが、それが〈ヴォイド〉であることだけは、間違いなくわかった。

「――そう、虚無によって変貌した生命体。君たちが〈ヴォイド〉と呼ぶ怪物だ」

虚空より現れた〈ヴォイド〉は、古代の民と戦った。

空で、海で、平原で、都市で、森で、山脈で、丘陵で、地底で――

星のいたる場所で、激しい戦闘が繰り広げられた。

「〈ヴォイド〉と古代の民の戦争は、数千年間続いた。古代の民は〈ヴォイド〉を撃退することに成功したが、やがて長い戦いの果てに滅亡した」

映像が切り替わり、海の底に沈んだ、無数の古代兵器の残骸が映し出された。

「——そして、また数千年の時が経(た)ち、新たな種が台頭しはじめた」

と、今度は虚空に、見慣れた姿の種族が映し出された。

エルフ種族、ドワーフ種族、獣人種族——そして、人間種族。

これらの新たな種族は、少しずつではあるが、再び文明を築きはじめた。

しかし、いずれ、この星に〈ヴォイド〉の再侵攻があることは明白だった。

それも、先の侵攻より、はるかに大規模な侵攻が——

「一刻も早く、〈ヴォイド〉と戦うための戦力を整える必要があった。けれど、新たな種族には、古代文明と同じような進化を遂げるだけの時間はなかった。仮にその時間があったとして、次の大規模な侵攻に耐えることはできなかっただろう」

〈光の神々(ルミナス・パワーズ)〉は決断を迫られた。座して滅びを待つか、あるいはこの星を捨て、また星の海を無限に彷徨(さまよ)うか——

「——そんな、或る時だった。わたしが、新たな種族の中でも、最も弱き種族の中に、〈虚無〉に抗(あらが)う力を見出(みいだ)したのは」

「最も弱き種族……」

リーセリアがぽつりと呟(つぶや)く。

「――そう、人間種族だよ」

静かに告げるロゼリアの声が、夜の森に響きわたった。

「力では亜人種族に劣り、文明ではエルフ種族にはるかに劣る人類だけが持つ、〈虚無〉に対する切り札――それは強く、未来を指向する意思の力だ」

「意思の力……」

「無限の進歩と進化を望み、調和と停滞、平和を拒む、暴力的なまでの意思の力。

それこそが、〈虚無〉に抗し得る唯一の武器となる。

その可能性に気づいたわたしは、この星に眠る六体の〈光の神々(ルミナス・パワーズ)〉と力を合わせ、星の力を人間種族に託そうとしたんだ。しかし――」

と、ロゼリアはその面(おもて)に、激しい悔恨の表情を浮かべ、首を振った。

「――わたしの気付かぬうちに、事態は最悪の状況に陥っていた」

「なにが、あったんだ……？」

と、レオニスが訊(たず)ねる。

「この星と融合した〈光の神々〉は、古代の民と〈ヴォイド〉の長年にわたる戦争の影響で、〈虚無〉に蝕(むしば)まれはじめていたんだ」

「……!?」

侵略は、あまりに静かだった。

ゆえに気付くことができなかった。

蝕まれつつあった、〈光の神々〉自身でさえも。

〈虚無〉の影響を受けた〈光の神々〉は、人類の王国どうしに戦争をさせた。

時に国家間の憎悪を煽り、時に眷属の神々を操って、新たな種族を滅ぼしはじめた。

「すべてが遅きに失した。わたしは〈未来視〉の権能で、この星の未来を何度も視た。

何度も、何度も、何度も何度も何度も何度も何度も何度も――

しかし、何度〈未来視〉を繰り返しても、この星が〈虚無〉に呑み込まれる、破滅の運命は変わらない。その未来しか視えなかった」

夜の静寂に、押し殺したような慟哭が響く。

「……」

「最早、一刻の猶予もなかった。わたしは運命を変えるため、行動を起こした」

この星にいずれ来る、破滅の未来を回避するために――

そのために、力が必要だった。

ひとつは、〈虚無〉に抗う、人間の意思の力。

そしてもうひとつは――

「運命を、因果を捻じ曲げるほどの力を持つ、規格外の存在――」

言って、ロゼリアはレオニスに視線を向けた。

レオニスはその視線を見つめ返し、まっすぐに受け止めた。

「――〈魔王〉、か」

「ああ、そうだ」

と、ロゼリアは告げる。

「わたしは滅びの運命に抗える存在を探し、そして見出した。

――〈勇者〉レオニスと呼ばれた少年を、〈魔王〉にしたんだ」

◆

虫の鳴く声が、夜の森に響き渡る。

「レオ君が……魔王？」

と――

最初に声を発したのは、リーセリアだった。

困惑した表情で、レオニスのほうへ視線を向ける。

レオニスが〈勇者〉と呼ばれていたことは、彼女も知っている。

けれど、彼を〈魔王〉にした――とは？

「……――」

……重苦しいような、長い沈黙の後。

「……はい」

レオニスはようやく、口を開いた。

「……僕は一〇〇〇年前の世界で、〈魔王〉と呼ばれる存在でした」

眷属の少女を見つめるその眼は、不安そうに揺れている。

けれど、視線はまっすぐに、彼女を見据えていた。

「死者の軍勢を操り、世界に破壊と厄災をもたらした、〈不死者の魔王〉と」

「レオ君……」

唐突に告げられたその真実を、リーセリアは呑み込めない。

「一体、なにを……」

「ログナス王国の〈勇者〉レオニスは、その力を疎まれ、人間たちに殺された」

――と、ロゼリアが静かに声を発した。

「〈勇者〉の力を使えば、そんな罠など容易く切り抜けることができただろう。けれど、彼はただ絶望し、その死を受け入れていた」

「……！」

その時、リーセリアの脳裏に、ある記憶が甦った。

〈ログナス王国〉の遺跡の地下で、漆黒の結晶に触れた時に見た映像。

降りしきる雨の中、その身に無数の刃を受けた、彼の姿――

リーセリアの困惑をよそに、ロゼリアは話を続ける。

「絶望の中にあった彼を、わたしはアンデッドの〈魔王〉として甦らせた。この星に待ち受ける破滅の運命を変えるための、切り札として――」

〈獣王〉――ガゾス・ヘルビースト。

〈竜王〉――ヴェイラ・ドラゴンロード。

〈海王〉――リヴァイズ・ディープ・シー。

〈機神〉――シュベルトライテ・ターミネイト。

〈鬼神王〉――ディゾルフ・ゾーア。

〈異界の魔神〉――アズラ＝イル。

〈放浪の魔王〉――ゾール＝ヴァディス。

そして、〈不死者の魔王〉――レオニス・デス・マグナス。

〈女神〉の選んだ八人の〈魔王〉は、いずれも運命の輪から外れた超越的な存在。

その中でも、最も強い力を持つのが――レオニスだった。

そして、今からおよそ一〇〇〇年前――

「わたしは〈魔王〉と共に、破滅の運命に抗う戦いをはじめたんだ」

〈叛逆の女神〉に選ばれた〈魔王〉と、その配下の軍勢。

〈光の神々〉の祝福を得た〈六英雄〉と人類の連合軍は、激しく戦った。

〈魔王戦争〉と呼ばれたその戦争の実態は、虚無に侵蝕された〈光の神々〉と、〈叛逆の女神〉の代理戦争だった。星と融合した両者は、もはや眷属に祝福を与える形でしか、力を行使することができなかったのだ。

数十年にわたる〈魔王戦争〉は、人類と〈六英雄〉の勝利で幕を閉じた。

魔王軍の拠点はことごとく陥とされ、最後の要塞〈デス・ホールド〉も陥落した。

そして、〈不死者の魔王〉もまた、一〇〇〇年にわたる封印の眠りに就いたのだった。

「――これが、一〇〇〇年前の出来事、その真実だよ」

そう話を締めくくって、ロゼリアは二人を交互に見た。

「ここまでで、なにか訊きたいことはあるかな？」

「え、ええっと……い、いろいろあるんですけど、まだ理解が追いつかなくて……」

リーセリアが率直に口にする。

……彼女の話を疑っているわけではない。

けれど、すんなり呑み込むには、あまりにスケールが壮大な話だった。

「無理もない」

ロゼリアは苦笑した。

「けれど、ひとまず、最後まで話をさせてほしい」

「……は、はい」

こくっと深く頷くリーセリア。

レオニスも彼女に倣って短く頷く。

「ここからは、わたしと八人の〈魔王〉が敗北した後の話だ。レオニスが眠りに就いてから、目覚めるまでの一〇〇〇年の間に、この世界になにがあったのか——」

◆

——〈魔王軍〉が敗北した後。世界には、束の間の平和と繁栄がおとずれた。

しかし、それも長くは続かなかった。

〈光の神々〉の影響を受けた人類は、絶え間ない戦争に明け暮れた。

そして、およそ七〇〇年前。聖神暦七二四年。

「——この星は、虚無に呑み込まれた」

「……え？」

リーセリアが声を上げる。

と、次の瞬間。頭上に浮かんだ星球儀の映像に、変化が生まれた。

北の極点に黒い染みのようなものが現れ――

それが、じわじわと星全体に広がりはじめたのだ。

「……これは？」

眼を見開くリーセリア。

「――それは、星の極点で始まった」

と、ロゼリアは静かに口を開いた。

「この星と融合した〈光の神々〉が完全に〈虚無〉に取り込まれたんだ。そして、その特異点から溢れ出した〈虚無〉が、星を侵蝕しはじめた」

「……!?」

「諸王国は〈虚無〉に呑み込まれ、地上のあらゆる生命体が〈ヴォイド〉化した。わずか数日で、この星は死の星へと変貌した」

極点より広がった黒い染みは、海と大陸を一気に塗り潰した。

「〈光の神々〉が〈虚無〉を呼び込む特異点となることは予見できていた。しかし、わたしにはそれを止めることは出来なかった」

ロゼリアは深い悔恨を声に滲ませた。

彼女が希望を託した人類は、まだ〈虚無〉と戦うための力に目覚めていなかった。

「本来、この未来を変えることはできないはずだった。しかし、わたしが異世界より召喚した〈魔王〉が、滅びの運命を変える鍵を与えてくれた」

と——

虚空に浮かんだ星球儀が、黒い染みに完全に呑み込まれようとした、その時。

「……？」

リーセリアは気付く。

真っ黒に塗り潰された星の一点に、ほんの小さな光が生まれた。

そして。その光の点が、〈虚無〉に呑み込まれた星を覆いはじめたのだ。

「光が、〈虚無〉を呑み込んでいる!?」

「いや、そうじゃない」

リーセリアの呟きに、ロゼリアは首を横に振った。

「あの光の点は、この星に残された最後の聖域。そこに眠る〈叛逆の女神〉が、もう一つの世界を生み出したんだ」

「もう一つの世界……？」

「……そうか」

と、レオニスが静かに声を上げた。

「〈天空城〉の〈天体観測装置〉に記録されていたのは、この事象だったのか」

やがて、光に呑み込まれた星球儀が、分裂をはじめ――

まったく同じ二つの星が生まれた。

「〈異界の魔神〉――〈魔王〉アズラ＝イルは、次元を生み出す権能を有していた。わたしはその力を模倣して、別の位相に、対になる世界を生み出したんだ」

片方の星は、虚無に呑み込まれた〈虚無世界〉に。

そして、もう片方の星は――

「わたしたちの世界に……？」

息を呑むリーセリア。

ロゼリアは短く頷くと、続けて話した。

「特異点より溢れ出した〈虚無〉によって、星の生命はほぼ死に絶えた。だが、人類を含めたわずかな生命は、この世界に逃すことができた」

そして――

魔術も精霊も、魔物も消えた世界で――新たな人類の歴史がはじまった。

しかし、それは破滅までの刻を引き伸ばしたに過ぎない。

この世界は〈虚無世界〉と別の位相にある、影のようなもの。

ひとたび裂け目が生まれれば、〈ヴォイド〉はまた、侵略の手を伸ばしてくる。

そして、神の秘蹟を起こした〈叛逆の女神〉に、もう力は残されていなかった。

「星と融合したわたしにできるのは、ただ語りかけることだけだった」

——人類の中に眠る、その力を目覚めさせるために。

最初は、ほんのわずかな者だけが彼女の、星の声を聞くことができた。

だが、時代が進むにつれ、声を聞くことのできる者は少しずつ増えはじめた。

〈女神〉の声によって、古代の民と同じ魔導テクノロジーの知識を得た人類は、急速に文明を発展させ、巨大な〈戦術都市〉を建造するまでになった。

そして遂に、彼女の待ち望んだ、〈虚無〉と戦うための力。

人の持つ意思の力を具現化した、〈聖剣〉に目覚める者が現れはじめた。

「——あとは、君たちの知る歴史の通りだよ」

と、ロゼリアはリーセリアに語りかけた。

「六四年前。〈虚無世界〉の裂け目を破り、〈ヴォイド〉が出現した」

……——宙に投影された星球儀が消滅した。

すべてを語り終えた〈叛逆の女神〉は、星明かりの下で佇んでいる。

「そ、それじゃあ……」

驚きに眼を見開き、リーセリアは訊ねた。

「わたしたちに〈聖剣〉を与えてくれたのは、あなた——なんですか？」

「わたしの声が、〈聖剣〉の力を呼び覚ましたのは事実だ。けれど——」

と、ロゼリアはゆっくりと首を横に振る。

「それは、わたしが与えた力じゃない。もともと君たちの中に眠っていた〈虚無〉に抗(あらが)う力を引き出しただけだよ」

「……」

――いつのまにか。虫の音さえも聞こえなくなっていた。

耳の痛くなるような静寂の中、

「さて、そろそろ、頃合いだ――」

ロゼリアが静かに声を発した。

「こうして姿を現すのは、少し力を使うんだ」

見れば、その身体(からだ)がしだいに透き通っていくのがわかった。

その指先から光の粒子を散らし、彼女は儚(はかな)げに微笑(ほほえ)んだ。

「すまない、リーセリア。また、君の魂と同化させてもらうよ」

「――は、はい、どうぞ」

リーセリアはこくっと頷(うなず)く。

不思議と、素直に受け入れることが出来た。

ロゼリアの姿は、すーっと溶けるように、リーセリアの中に消えていった。

◆

「……」

部屋に戻ったレオニスとリーセリアの間に、気まずい沈黙がおとずれた。
リーセリアは、壁際に座り込んだレオニスのほうをちらっと見た。
じっと宙の一点を見つめて、なにか物思いに耽っているようだ。
リーセリアは無言で、その横に座った。
（――ロゼリア・イシュタリス。わたしの中にいる、女神様）
自身の胸もとに手を添え、そっと呟く。
正直、彼女の話したすべてを呑み込むことは、まだできていない。
……信じたい気持ちはある。
けれど、素直に受け入れるには、あまりに途方もない話だった。
はるか遠い世界の、星の神様。世界の外から現れた〈虚無〉。
古代の戦争と、人類に宿る〈聖剣〉の秘密。
七〇〇年前、二つにわかれた世界。
――そして、〈魔王〉のこと。
「……」

ふと、リーセリアはレオニスのほうへ向きなおると、

「「あの――」」

二人同時に、声を発した。

「……ど、どうぞ」

「あ、ごめんね。レオ君こそ、どうぞ……」

「……」

レオニスは一度口をつぐんでから、覚悟したように口を開いた。

「……すみません。ずっと、隠していて」

うん、とリーセリアは小さく頷（うなず）いて、先をうながした。

「……あの話は本当です。一〇〇〇年前、僕は人類の敵で、世界に破滅と混乱をもたらした、〈不死者の魔王〉でした」

「……」

「人類の敵、〈魔王〉であることを知られれば、人類の懐に潜り込むことができなくなる――と、最初はそう思って、正体を隠していました。けど、いつしか、そういうことじゃなくて、ただ僕が〈魔王〉だったことを、セリアさんに知られることが怖くなった」

「……」

レオニスは静かに拳を握った。

「僕は、不死者の軍団を統率し、敵対する多くの王国を滅ぼした。人も殺しましたし、敵の兵士をアンデッドにして、戦わせました——僕の信じる〈女神〉のために」

リーセリアの目をまっすぐに見つめ、

「それを後悔しているわけじゃありません。僕は、ただ——」

ただ、怖かったのだと。彼女に、それを告げる勇気がなかったのだと。

少年の目は、不安そうに揺れていた。

リーセリアは、ふっと微笑(ほほえ)むと——

「——ん、わかった」

レオニスの頭にそっと手をのせた。

「……!?」

「ありがとう、レオ君。話してくれて」

「セリアさん……」

レオニスは目を見開く。

「ねえ、レオ君。前に話した、魔王のお伽話(とぎばなし)を覚えてる?」

「……はい」

と、頷(うなず)くレオニス。

それは、〈第〇三戦術都市(サード・アサルト・ガーデン)〉の任務に赴いた時のこと。骨の馬に牽(ひ)かせた車両の中で、彼女は幼い頃から聞いてきた、魔王のお伽話を彼に話したのだ。

『骨の馬に乗った魔王は、たくさんの家来をしたがえて、骨のお城に住んでいるの。それで、空から稲妻を降らせたり、火を噴いたりするのよ』

そして――

「――お父様は言ってたわ。恐ろしい魔王が、〈ヴォイド〉を倒してくれるって」

「……」

レオニスの頭を優しくなでながら、リーセリアは続ける。

「わたしは、ずっと待ってた。この世界に、恐ろしい〈魔王〉が現れてくれるのを。だから、ね――レオ君のこと、ちっとも怖くないし、嫌いになんてならない。レオ君はレオ君だし、レオ君が〈勇者〉でも、〈魔王〉でも、そんなのどっちでもいい。わたしは君の眷属（けんぞく）だから」

「……っ!?」

と、レオニスの背中に手を回し、彼をぎゅっと抱きしめる。

「――だから、安心して」

◆

――〈聖神暦〉四四一年。

真っ白な雪の降り積もる、深い森の中。

「はああああああっ！」

裂帛の気合いを放つ少女の声と、剣戟の音が鳴り響く。

少女は――エルフだった。

ナイフのように鋭く尖った耳。

頭の後ろでくくった翡翠色の髪が、剣を振るうたび、激しく揺れる。

「――踏み込みが甘い。〈斬魔剣〉が泣くぞ」

「……っ、は、はいっ！」

エルフの少女は風の精霊を纏い、眼前の騎士に剣を振り下ろす。

しかし、その刃は騎士の髪先にさえ、触れることができない。

「やはり、〈勇者〉の称号は荷が重いか」

騎士は嘆息すると、少女の繰り出した剣を跳ね上げた。

「これまでだ」

無手になったエルフの少女は、肩で息をしつつ項垂れる。

「次の討伐遠征までには、〈斬魔剣〉を使いこなせるようになっておけ」

「お、お待ちください――シャダルク師！」

エルフの少女は声を上げた。

「ま、だ……まだ、大丈夫です。どうか、修行を――」

呼び止められて。〈六英雄〉の〈剣聖〉――シャダルクは振り返る。

エルフの少女は跳ね飛ばされた剣を拾い、立ち上がった。

その眼に、なにを感じたのか――

「……似ているな」

シャダルクは嘆息し、また雪の中を歩きはじめた。

「お、お待ちください、シャダルク師！」

エルフの少女があわてて追いすがる。

「――アルーレ。俺はこの遠征の前に、〈光の神々〉の祝福を受ける」

「祝福……？」

「ああ。邪悪なる〈叛逆の女神〉を信奉する〈魔王〉の戦力は、日に日にその力を増している。我々も〈魔王〉に匹敵する力を手に入れる必要がある」

歩きつつ、答えるシャダルク。

「〈大魔導師〉ディールーダ様のようにですか？」

「そうだ。奴は〈魔神〉の魂をその身に宿した。〈龍神〉ギスアークは〈魔竜山脈〉の竜共を喰らい、ティアレスは〈神聖教団〉の僧侶を贄として取り込んだ。〈大賢者〉アラキール殿は、〈神聖樹〉との融合を果たすらしい」

「シャダルク様、しかし、それは……」

「わかっている。神の祝福を受ければ、もはや人に戻ることは叶わぬだろう。しかし、あの〈不死者の魔王〉を滅ぼすには、力が必要なのだ」

「……〈不死者の魔王〉」

アルーレは、震える指先で〈斬魔剣〉の柄を握りしめた。

「〈勇者〉と呼ばれながら、悪に堕ち、王国を裏切った〈魔王〉――」

そして、師を同じくする兄弟子だ。

「シャダルク師、わたしが、レオニス・デス・マグナスを討ち果たします！」

と、彼女はその剣に誓うのだった。

◆

――……それは、一〇〇〇年前の追憶。

かつて、剣の修行をしたのと同じ、その場所で――

今、彼女の眼の前にあるのは、血のような真紅の空と虚無の荒野。

美しい森と、壮麗なエルフの都があった筈のその場所を、〈勇者〉――アルーレ・キルレシオは一歩一歩、踏みしめるように歩き続ける。

〈ログナス王国〉の遺跡で、咲耶(さくや)たちと別れたアルーレは、かつての故郷であったこの聖域を探し、〈虚無世界〉を彷徨(さまよ)った。

荒野で何度も遭遇した〈ヴォイド〉との戦闘で、身体(からだ)は限界に近い。

肉体の損傷は神聖魔術で治癒できるが、精神の消耗はそうはいかない。

食糧も残り少ない。咲耶に貰(もら)った餞別(せんべつ)のお菓子は、とっくに食べてしまった。

「――私を導いて、〈斬魔剣〉クロウザクス」

唇を噛(か)みしめ、常に共にあった、〈魔王殺しの武器(ジ・アーク・セヴンス)〉を握りしめる。

彼女の使命は、この時代に甦(よみがえ)る〈女神〉の魂を滅ぼすことだ。

六英雄の〈聖女〉ティアレス・リザレクティアに宿った〈女神〉は滅ぼした。

だが、〈女神〉の魂は、ほかの器にも転生しているようだ。

それをすべて、滅ぼさなくてはならない。

彼女が探しているのは、〈虚無世界〉に消えた、六英雄の〈剣聖〉だった。

シャダルク・シン・イグニス――アルーレを〈勇者〉と見出(みいだ)した、剣の師。

(もし、師が〈女神〉の器となり果て、堕(お)ちてしまったのならば……)

〈勇者〉の使命として――師を討たなければならない。

アルーレは歩みを続ける。

なにかに導かれるように――
と、荒野の丘を越えたその場所に。
アルーレは奇妙なものを発見し、足を止めた。
それは、虚空に浮かんだ、真っ黒な球体だった。
夜よりも、影よりも黒い。すべての光を呑み込むような、真なる黒。
――虚無の黒。
（……あれ……は、なに……？）
本能的な恐怖を覚え、アルーレはゾッと身を震わせた。
異常な生命に溢れる〈虚無世界〉にあってなお、それは異質だった。
……あれは、この世界に存在してはいけないものだ。
直感がそう告げた。
アルーレは斬魔剣を構える。
――と、その時だった。
「……っ!?」
ドクン、と心臓が跳ね上がる。
突然、背後に濃密な気配が生まれた。
「誰っ――！」

鋭く叫び、斬魔剣を振り抜くと――

「あれは〈虚無〉の特異点――〈ヴォイド・ゴッド〉。あるいは、世界の終極そのもの」

「……っ⁉」

――いつのまにか、彼女の背後に人影があった。

〈人類教会〉の聖服に身を包んだ、白髪の司祭だ。

「……っ、おまえは⁉」

アルーレは、その司祭のことを知っていた。

〈第〇三戦術都市〉(サード・アサルト・ガーデン)で暗躍していた、謎の青年。

そう、名はたしか――

「ネファケス……？」

と、呟(つぶや)くと――

「ああ、そうか。君は以前、あれに会っていたんでしたね」

司祭の青年は肩をすくめ、愉快そうに嗤(わら)った。

聖剣学院の
魔剣使い
Demon's Sword Master
of Excalibur School

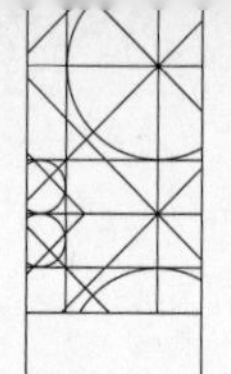

第六章　第十八小隊、再開

——帝国標準時間〇四〇〇(マルヨンマルマル)。

水平線の彼方(かなた)に朝日が昇りはじめた頃。

〈第〇四戦術都市(フォース・アサルト・ガーデン)〉を発(た)った戦術航空機は、〈第〇五戦術都市(フィフス・アサルト・ガーデン)〉のポートを経由し、〈桜蘭(おうらん)〉の山間部に強行着陸した。

「救難信号の発信ポイントは、この付近で間違いないわね」

「——肯定です」

副操縦席のシュベルトライテが頷(うなず)いた。

「めちゃくちゃ森の中ですね。お嬢様、どうしてこんな場所に——?」

ローターの風になびく髪を押さえつつ、レギーナがタラップを降りる。

鬱蒼(うっそう)とした木々の密生する、不気味な森だ。

間違っても、ここに分け入って行こうとは思わないだろう。

「上空からは、人里のようなものも見つからなかったけど……」

エルフィーネが、四機の〈天眼の宝珠(アイ・オヴ・ザ・ウイッチ)〉を頭上に展開した。

〈宝珠〉の表面に文字が現れ、周辺エリアの情報を解析しはじめる。

「このあたりには、たしか〈叢雲〉の隠れ里があったはずだよ」

と、咲耶が言った。

「……〈叢雲〉って、なんです？」

「諜報や密偵を得意とする、〈桜蘭〉の特殊部隊だ。隠れ里は巧妙にカモフラージュされているから、見つけだすのは難しいかもしれないね」

咲耶は〈雷切丸〉の刃で下生えの茂みを斬り払った。

「ひとまず、その隠れ里を探してみよう。道案内は任せてくれ」

「頼りにしてるわ、咲耶」

「それじゃ、行きましょう！」

シュベルトライテを戦術航空機に残し、三人は森の中に足を踏み入れた。

◆

遠くに、鳥の鳴き交わす声が聞こえてくる。

障子越しに差し込む朝の日差しに、レオニスは眼を覚ました。

「う……ん……」

布団の中で身じろぎすると、鼻先に慣れない感触があった。

ふよふよと柔らかく、しっとりと吸いつくような、心地よい感触。

(……なん、だ……?)

レオニスは寝ぼけたまま、瞼を開けた。

「……ん……レオ……くん?」

「ふわあっ!」

と、あわてて起き上がるレオニス。

見下ろすと、同じ布団に眷属の少女が眠っていた。

そういえば、昨晩は、あのままリーセリアの腕の中で寝てしまったのである。

(……~っ、お、俺としたことが……)

レオニスは頬を赤く染めつつ、彼女の肩に布団をかけなおした。

「だいじょうぶ……だよ……レオくんが……夜の魔王になっても……」

「どんな寝言ですか……」

穏やかな表情で眠る眷属の横顔を見下ろして、嘆息する。

(とうとう、俺が〈魔王〉であることを知られてしまったな……)

……いずれ、時期を見て話すつもりではいた。

しかし、心のどこかで、切り出すのを恐れていた。

元々、〈魔王〉としての顔を見せてきた咲耶とは違う。

それに、〈魔王〉の眷属であることを、彼女がどう受け止めるのか。

（……ああ、認めよう、俺は怖かったんだ）

恐怖の化身たる〈不死者の魔王〉が、なんと臆病なことか。

自嘲して、ふとレオニスは契約の刻印を浮かび上がらせた。

「ん……う……」

リーセリアが、かすかな吐息を漏らす。

（――この際だ、いっそのこと腹心への昇格を考えてもいいかもしれんな）

彼女自身が〈魔王〉の眷属であることを受け入れたのだ。

これからは、正式にレオニスの右腕として、ブラッカスやシャーリに任せていた、〈魔王軍〉の統括を任せてもいいかもしれない。

もとより強力な不死者である〈吸血鬼の女王〉だが、彼女自身のたゆまぬ努力と、ここ数ケ月での戦闘経験、シャーリやヴェイラによる特訓によって成長は目覚ましい。

唯一無二の〈聖剣〉の力に加え、肉弾戦闘と魔術戦闘、どちらもハイレベルだ。

贔屓目はあるにしても、その実力は〈魔王軍〉の将軍クラスとも遜色ないはずである。

（〈絶死超大将軍〉の地位は……まだ早いか。〈不死魔将〉あたりか？）

と、〈魔王軍〉の中の序列を考える。

とはいえ、これはレオニスの一存で決めるわけにはいかない。

将への抜擢(ばってき)は、少なくとも大将軍級の承認を得るのが慣例なのだ。

今の〈魔王軍〉の中で大将軍の地位にあるのは、〈漆黒の暴帝〉ブラッカスのみであり、彼は現在、〈不死者の魔王〉との戦いで負傷し、〈影の王国(レルム・オヴ・シャドウ)〉で眠りに就いている。

（ブラッカスが目覚め次第、相談してみるか……）

と、リーセリアの寝顔を眺めつつ、思案を続けていると——

「レオニス、そんなに女の子の寝顔を眺めてはだめだよ」

「……!?」

突然、脳裏に聞こえたその声に、レオニスはのけぞった。

「ロ、ロゼリア……？」

と——

眠り続けるリーセリアの身体(からだ)から、ロゼリアがゆらりと姿を現した。

「おはよう、レオニス」

「……」

憮然(ぶぜん)とするレオニスに、ロゼリアは微笑(ほほえ)んだ。

「……っ、急に出て来られると、びっくりするんだが」

「それは悪かった。これからは女神らしい楽曲を奏でながら姿を現すとしよう」

そんな冗談めいたことを口にして——

彼女は部屋の外に視線を向けた。

「レオニス、この娘が眼を覚ますまで、少し話そうか」

「ああ。俺も、君にまだ訊きたいことがある」

◆

リーセリアを起こさぬよう、静かに部屋を出て、屋敷の廊下を歩く。

宙を漂うロゼリアは、ふとレオニスのほうを振り向いて、

「――そういえば、〈放浪の魔王〉とはもう、会ったかい？」

と、訊いてくる。

「……やはり、俺をここに導いたのは君か、ロゼリア」

「ああ。〈魔王〉の存在は感知していたからね。転移に合わせて、位置を少し調整したんだ。あのままだと、海の上か、最悪、地中に転移してしまう可能性もあった」

……まあ、そんなことだろうと思った。

偶然、たどり着いたにしては出来すぎている。

「奴を〈魔王軍〉に引き入れようと交渉してみたが、断られたぞ」

「――ん、そうか」

意外にも、ロゼリアはあっさりと頷いた。

「〈放浪の魔王〉を引き入れるのが、君の狙いではなかったのか？」

「君とゾール＝ヴァディスが手を組めばいいとは考えていた。けれど、まあ、そうならなかったのなら、それはそれでいい。神にも、運命にも、誰の意のままにもならないのが、君たち〈魔王〉の本質だからね。ただ――」

と、ロゼリアは苦笑して、

「〈不死者の魔王〉と〈放浪の魔王〉が、ここで出会ったこと。そこには、未来になにか意味が生まれるのかもしれない」

「それは、君の未来視で予見することはできないのか？」

「ある程度の事象はね。けれど、〈魔王〉に近い未来は、視ることができない。〈魔王〉とはそれほどまでに、運命を捻じ曲げる力を持っている存在なんだ」

「……そんなものか」

と、自覚のないレオニスは曖昧に頷いて、そこで足を止める。

ほとんど手入れのされていない、荒れ放題の庭に面した縁側だ。

穏やかな朝の日差しが降りそそいでいる。

ロゼリアが庭にそっと降り立つと、レオニスは縁側に腰掛けた。

彼女の降り立ったその場所の草木が、眩い黄金色に輝きはじめる。

その美しさに、レオニスは一瞬、息を呑んだ。

「どうしたんだい、レオニス？」

「ああ、少し、見惚れていた……」

そう、素直に答えると、

「……そ、そういうところだよ、まったく」

ひと差し指をたて、レオニスを叱るロゼリア。

「なにがだ？」

「なんでもないよ」

彼女は、少し怒ったように視線を逸らし、

「――それで、訊きたいことがあると言ったね」

「ああ。ロゼリア、君の話を聞いて、疑問に思ったことがある」

と、レオニスは口を開いた。

「君が――一〇〇〇年後に転生する俺に、この世界のことを教えなかったのは何故だ？」

「……」

彼女は、レオニスに使命を与えた時、すでに星の破滅を予見していた。

しかし、レオニスには、〈虚無〉のことなど、教えられていなかった。

それだけではない。彼女がレオニスに与えた〈魔剣〉の使命。

〈虚無〉に蝕まれた、偽りの〈女神〉を討つという使命の記憶をも封印したのだ。

それは、何故か――？

「……もっともな疑問だね」

と、彼女は静かに告げてくる。

「たしかに、わたしは意図的に、君にすべてを伝えなかった。そして、〈魔剣〉の使命に関する記憶を封印した」

ロゼリアは、レオニスの顔をじっと見据え、

「その理由は、君が封印されている間、〈虚無〉に蝕まれるのを防ぐためだ」

「……？　どういうことだ？」

眉をひそめ、レオニスは訊き返す。

「――〈虚無〉を知ることが、〈虚無〉を呼び寄せるんだ」

と、ロゼリアは言葉を続けた。

「――思い出してほしい。最初に世界に穴を開けた愚かな〈光の神々〉は、〈虚無〉に呑み込まれ、一瞬で消滅した。しかし、その後で、〈虚無〉に触れなかった他の神々、そして宙の星々までもが、なぜ〈虚無〉の侵蝕を受けたのか――

それは、わたしたちが、それまで世界に存在することのなかった、〈虚無〉というもののことを、知ってしまったからなんだ」

「……？」

　と、困惑の表情を浮かべるレオニス。

「その反応は自然だよ、レオニス。けれど、それが真実だ。

　わたしが〈虚無〉のその特性に気付いたのは、星の生命体が〈ヴォイド〉に変貌したのを見た時だ。〈虚無〉を認識した生命体が〈ヴォイド〉になり、〈ヴォイド〉を認識した生命体が、徐々に〈ヴォイド〉に変貌しはじめる。

　それは烙印──決して逃れえぬ、呪いのようなものだ」

　言って、ロゼリアは一度言葉を切った。

「記憶を封印したのは、俺の魂を守るため、か──」

「そうだ。封印されている間、君の魂は無防備だ。もし、君がほんの少しでも〈虚無〉の存在を認識していれば、侵蝕を受ける可能性があった──」

　それに──と、続けて言葉を紡ぐ。

「──とくに君は、彼女の寵愛を受けているからね」

「……彼女？」

「ああ。君は〈虚無世界〉で、何度も彼女の呼び声を聞いているはずだ」

「……！」

　レオニスは目を見張った。

「レオニス、君はもう気付いているんだろう?」

と、ロゼリアは静かに告げてくる。

「あれは、〈虚無〉に侵蝕された、もう一人の〈叛逆の女神〉だよ」

――と。

◆

「……やはり、そうなんだな」

ロゼリアの告げた、その言葉に――驚きはなかった。

そうだとは思っていた。無論、信じたくはなかったが。

〈虚無世界〉で、レオニスを誘った彼女の呼び声。

人間たちに〈魔剣〉を与えたのも、〈女神〉の声だ。

「――七〇〇年前。世界が〈虚無〉に呑み込まれた時、星と融合したわたしの一部もまた、〈虚無世界〉に取り残され、〈虚無〉の侵蝕を受けた」

「……」

「分裂したもう一人のわたしが、君の魂に執着するのは明らかだ。だから、彼女の眼から君のことを隠す必要があった」

と、彼女はその美しい面に、悔恨の感情を滲ませて、

「本当は、君と分離した、もうひとつの魂も守りたかったんだけど、ね――」

レオニスはハッと眼を見開いた。

分離した、もうひとつの魂。

「〈ログナス王国〉の遺跡に眠っていた、〈不死者の魔王〉、か――！」

呟くレオニスに、ロゼリアは頷く。

「そうだ。この世界が二つに分かたれた時――

〈死都〉の地下霊廟で眠る君の魂もまた、二つに分裂した。

これは、君が〈勇者〉の魂と〈魔王〉の魂。二つの魂を備えた特異な存在であったゆえに発生してしまった、イレギュラーな現象だ」

「……そういう……ことか。俺がこの姿で転生したのは――」

呟いて、レオニスは自身の子供の肉体に目を落とした。

――〈勇者〉の魂と〈魔王〉の魂。世界が分裂した時に、〈魔王〉の魂のほとんどが〈虚無世界〉に転移したため、この〈勇者〉の姿で生まれ落ちてしまったのだ。

「――そうだ」

と、短く頷いて、ロゼリアは続ける。

「わたしも、この世界と〈虚無世界〉の分裂によって、君の魂が二つに分かれる可能性は

予見していた。その事態にそなえ、わたしは古代の民の忘れ形見である、〈機神〉シュベルトライテと、機骸兵(きがいへい)の軍団に命令を与えていた。〈虚無世界〉に転移した〈不死者の魔王〉の魂を守護するように、とね。

〈機神〉や〈機骸兵〉のような魔導兵器は〈ヴォイド〉化に対して耐性がある。それが、シュベルトライテを守護者に選んだ理由だよ。

そして、〈機神〉はわたしの命令を忠実に守り、〈ログナス王国〉の地下に転移した〈不死者の魔王〉の魂を、〈ヴォイド〉の侵攻から守り続けた。しかし——」

「〈女神〉の〈使徒(アポストル)〉が、〈不死者の魔王〉の封印を解き放った」

レオニスの脳裏に、あの時の記憶が呼び覚まされる。

人類の生み出した〈人造精霊(アーティフィシャル・エレメンタル)〉の技術を用い、〈機神〉を支配した、聖服の司祭。

遺跡の地下に眠る〈不死者の魔王〉の封印は解かれ、〈使徒〉の王となった。

——〈魔王〉の魂を持つ、もう一人のレオニス。

〈聖剣〉の光によって滅び去った、あの瞬間。

リーセリアの姿を見た彼は、何を思ったのだろうか——?

「虚無の〈女神〉の目的は、この世界を虚無で覆うこと、か……?」

「そうだ——」

訊(たず)ねるレオニスに、ロゼリアは頷(うなず)く。

「彼女は〈使徒〉を操り、もう一度、七〇〇年前と同じことを起こそうとしている。この星に眠る、もう一人のわたしを取り込むために」

「……」

と──

「──オくん……レオくーん？」

屋敷の中から、レオニスを呼ぶ声が聞こえてきた。

ロゼリアは小さく肩をすくめるしぐさをして、

「彼女が起きたようだ。そろそろ、戻るとしよう」

その場に光の粒子を振り撒きつつ、すーっと姿を消した。

「レオくーん？　どこー？　あ、いた！」

ちょうど入れ違いで、リーセリアがレオニスを発見する。

「おはようございます、セリアさん」

「もう、起こしてくれればいいのに」

むぅ、と可愛く頬を膨らませるリーセリア。

「ぐっすり眠っていたので──」

レオニスが苦笑して答えた、その時だ。

屋敷の外で、カンカンカン、と激しく鐘の鳴る音が聞こえた。

「……鐘？」

「何かあったんでしょうか？」

レオニスが音のしたほうに視線を向ける。

「まさか、また〈ヴォイド〉が⁉」

リーセリアはハッと顔を上げると、屋敷の廊下を駆け出した。

「行きましょう、レオ君！」

◆

屋敷を出ると、集落を囲む森のそばに子供たちが集まっていた。

「……なにかしら？」

レオニスとリーセリアが顔を見合わせ、人だかりに近付くと――

「……ふああっ、な、なにこれぇ……」

高い木の枝からぶら下がった網の罠に、獲物がかかっていた。

大型の獣を捕らえるための罠なのだろう。

獲物は網の中でジタバタもがいている。

「も、もう……や……ぁ……」

獲物……というか、エルフィーネだった。

「……っ、フィーネ先輩、な、なにしてるんですか⁉」

リーセリアが人だかりをかきわけ、あわてて駆け寄った。

「……え？　セ、セリア？　レオ君も……きゃあっ⁉」

宙にぶら下がる網の中で、あわててスカートを押さえようとするエルフィーネ。

だが、もがけばもがくほど、パンツが丸出しになってしまう。

「レ、レオ君……みないでぇ……」

顔を真っ赤にして、涙目になるエルフィーネ。

「す、すみません……！」

レオニスはあわてて目を逸らした。

「フィーネ先輩、いま助けます！」

リーセリアが〈操血術〉で生み出した血の刃が、網を切断する。

「ふわあっ——！」

落下するエルフィーネを、リーセリアが両腕でキャッチした。

まわりの子供たちが拍手する。

「大丈夫ですか、フィーネ先輩」

「た、助かったわ……」

地面に降ろされ、ふう、と安堵(あんど)の息を吐(つ)くエルフィーネ。

彼女が一度、落ち着いたところで、

「……って、先輩、どうしてここに⁉」

「救難信号を受け取ったのよ」

スカートの裾をなおしながら、エルフィーネは言った。

「戦術航空機をチャーターして、〈第〇四戦術都市(フォース・アサルト・ガーデン)〉からここに来たの」

「救難信号……ちゃんと届いてたんですね」

エルフィーネは、リーセリアとレオニスを交互に見ると、

「……セリア、レオ君も……無事でよかった」

薄闇色の瞳に涙を滲(にじ)ませる。

「フィーネ先輩……」

リーセリアは、エルフィーネの背中をぎゅっと抱きしめた。

「……戻ってきて、くれたんですね」

震える声で発した、その一言に、彼女の思いが込められていた。

思えば、リーセリアが本当の意味でエルフィーネと再会するのは、いつ以来だろう。

〈エリュシオン学院〉の事件で、リーセリアたちは〈虚無世界〉に渡り、そのまま、〈ログナス王国〉の遺跡の調査に赴いた。そして、〈第〇七戦術都市(セヴンス・アサルト・ガーデン)〉に帰還した時、すでに

エルフィーネはフィレットの手に囚われていたのだ。

リーセリアと邂逅した〈魔剣の女王〉は、彼女の知るエルフィーネではなかった。

「フィーネ先輩、ご無事でよかったです」

と、抱き合う二人に近付いて、レオニスも声をかける。

「レオ君……」

振り向いて、エルフィーネは目元の涙をぬぐった。

「……ごめんなさい。レオ君にも、心配かけてしまったわね」

「あの、エルフィーネさんがここにいるってことは、〈第〇四戦術都市〉は、どうなったんでしょうか？」

レオニスが訊ねると、リーセリアもハッとする。

「ええ、作戦行動中に突然、上空の裂け目が消失して、市内の〈ヴォイド〉反応が消えたの。シャトレス王女の部隊が〈セントラル・ガーデン〉を制圧して、〈巣〉の掃討はほぼ完了したわ」

「それじゃあ、〈第〇四戦術都市〉は解放されたんですね」

「……そう、ね。犠牲は出てしまったけれど」

と、エルフィーネは表情を曇らせた。

……彼女は、自責の念に駆られているのだろう。

「フィーネ先輩……」

俯(うつむ)く彼女に、リーセリアが声をかけようとすると、

「――せんぱーい……フィーネせんぱーい、どこですかー?」

森の奥で、エルフィーネを呼ぶ声が聞こえてきた。

「――あ、レギーナ、こっちよ!」

エルフィーネが声を上げると――

ややあって、茂みをかきわけて、二人の少女が姿を現した。

「あ、いたいた、フィーネ先輩――って、セリアお嬢様ぁ!?」

と、頭を葉っぱだらけにしたレギーナが、眼(め)を見開いて驚く。

「レギーナ……」

「お、お嬢様あああああっ!」

リーセリアの顔を見たレギーナは、飛びかかるように抱き付いた。

勢いのまま地面に押し倒され、苦笑するリーセリア。

「……っ、ちょ、レ、レギーナ、ジャガーじゃないんだから!」

「セリアお嬢様、ご無事で良かった……心配したんですからねっ!」

「……ご、ごめんね、レギーナ」

胸に顔を埋(うず)めるレギーナの頭を、リーセリアはよしよしと撫(な)でる。

と、そんな二人に――

「ボクもいるよ、先輩」

もうひとりの少女が声をかける。

「咲耶……」

「いや、怪我の功名だったね。隠れ里のカモフラージュに惑わされて、森の中でフィーネ先輩とはぐれてしまったんだ。ボクたちも危うく遭難するところだったよ」

「咲耶、笑い話じゃありませんよ」

レギーナが咲耶をジト眼で睨む。

「それで――」

と、咲耶はレオニスとリーセリアのほうを見て、

「二人はどうして、こんな場所に来てしまったんだ？」

当然の疑問を投げかけてくる。

エルフィーネとレギーナも、二人に視線を向けた。

「え、ええっと、その……」

言いよどんで、レオニスのほうをチラッと見るリーセリア。

レオニスはこほんと咳払いして、

「……〈第〇四戦術都市〉上空の裂け目が、急に消滅して――その瞬間、眩しい光に呑み

込(こ)まれて……気が付いたら、この森の中にいたんです」

「そ、そうなの！　びっくりしたわよね、レオ君――」

リーセリアはこくこく頷(うなず)いた。

「……それじゃあ、市内の〈ヴォイド〉反応が消えたのと同じタイミングね」

エルフィーネが顎に手をあて、真剣な表情で呟(つぶや)く。

「もしかすると、〈ヴォイド〉が姿を消したのと同じ現象に巻き込まれて……？　過去にそんな事象が発生したデータがあるかしら？」

と、頭上に〈天眼の宝珠(アイ・オヴ・ザ・ウイッチ)〉を呼び出し、端末に接続する。

いっぽう、咲耶(さくや)はやれやれと肩をすくめ、

「……ま、そういうことにしておくよ。少年」

「そういうことにしておきましょうかねー？」

レギーナは、じーっと怪しむようにレオニスを見つめるのだった。

「……レ、レギーナさん？　ど、どうしたんですか？」

「いいえー、なんでもありませんよっ、少年」

「咲耶、レギーナ……どうしたの？」

そんな二人を見て、首をかしげるエルフィーネ。

――と。

「……騒々しいな。今度は何事だ？」

子供たちの人だかりを割って、鬼の仮面の男が姿を現した。

「あ、鬼神様(おにがみ)――」

リーセリアが振り向くと、

「鬼神様？」

と、レギーナが眉をひそめる。

「また、客人(まれびと)か。その身なり、お前たちの仲間だな？」

仮面の男は呟くと、レオニスを一瞥(いちべつ)した。

「ええ――」

「まあ、少し増えたところで構わんが、あまり騒がしくするなよ」

そう言い残し、仮面の男は外套(がいとう)をひるがえして立ち去った。

「お嬢様、なんなんですか、あの人？」

「えっと、この集落の……神様的な人……？」

訊(たず)ねるレギーナに、リーセリアは曖昧に頷くのだった。

◆

（……やれやれ、咄嗟の機転でなんとか誤魔化せたな）

屋敷の部屋にひとり戻ったレオニスは、嘆息しつつ肩をすくめた。

実際はあまり誤魔化せていないのだが、したり顔のレオニスである。

リーセリアたちは、揃って温泉に入ってくるそうだ。

この隠れ里を探すために森の中を歩き回ったらしく、かなり疲れているようだ。

エルフィーネとは、いろいろ話すこともあるだろう。

（さて、俺もいろいろと考えねばならぬことがあるな……）

まずはロゼリアの話した、虚無の〈女神〉のことだ。

レオニスから分かたれた、もう一人の〈不死者の魔王〉は消滅したが、虚無の〈女神〉は、レオニスを手に入れようと、その手を伸ばしてくるだろう。

あるいは、ロゼリアの魂の器である、リーセリアを狙ってくるかもしれない。

（彼女だけは、絶対に守らなければ――）

拳を握りしめた、その時。

「……ん？」

ふと気付く。

部屋の隅の柱の影が、不自然にうねうねと動いている。

「……」

レオニスが、じっと見ていると――

柱の影は変な形をしたまま、ぴたっと固まった。

「……なにをしている、シャーリ」

「ひあっ！」

レオニスが声をかけると、影がびくっと震えた。

「……」

……ややあって。

影の中から、おずおずとシャーリが半分だけ顔を出した。

「ま、魔王様……ご無事でよかったです」

「ああ、お前にも心配をかけたな」

と、頷(うなず)くレオニス。

あの三人の誰かの影の中に潜んで、ここに来たのだろう。

「なぜ影に隠れている？　ここには誰もいない、出てきてかまわんぞ」

そう促すが、シャーリは影の中でぶんぶん首を振った。

「魔王様、わたくし失態を犯し、魔王様に顔向けできませんっ！」

「……顔は向けているではないか」

「比喩です、魔王様」

「……ふむ、なにがあった？　報告してみるがいい」

レオニスは鷹揚(おうよう)に頷(うなず)いた。

〈不死者の魔王〉との決戦に赴く際、シャーリに命じたのは、レオニスに姿を変え、第十八小隊の仲間を守ることだった。

第十八小隊の面々が無事なのだから、彼女は任務を忠実に果たしたことになる。

「――は、じ、じつは……」

と、シャーリは言いにくそうに口籠もり、

「化け物との交戦中に、〈影の王国(レルム・オヴ・シャドウ)〉の〈宝物殿〉にある盾を損壊してしまいました」

「……ふむ、何枚だ？」

レオニスは冷静に訊(たず)ねる。

〈宝物殿〉の魔装具は、どれもレオニスが蒐集(しゅうしゅう)した伝説級の逸品だ。

たしかに惜しいが、それで配下を叱るほど狭量な〈魔王〉ではない。

「……ご、五十枚ほど」

「……っ、ごじゅ――」

レオニスの頬(ほお)がぴくっと引(ひ)き攣(つ)った。

「……ま、まあ、しかたあるまい。武具は使ってこそのものだ」

「魔王様っ、なんとご寛大な……！」

両手を組んだシャーリが、身体の半分を影から出した。

「それと、もうふたつ――」

「ま、まだあるのか？」

「はい、わたくしが魔王様に変身していることが、あのメイドにバレました」

「……な、なんだと!?」

思わず、レオニスは声を上げた。

……それは、たしかに失態である。

（どうりで、さっきは怪しまれていたはずだ！）

レギーナは、本物のレオニスがあそこにいなかったことを知っていたのだ。

（……～っ、あとで、言い訳を考えなくては……）

場合によっては、レギーナにも正体を明かすことになるかもしれない。

「……ま、まあ、いい」

レオニスはこほん、と咳払いした。

「いずれはバレることであろう、それが少し早まっただけともいえる」

「お、お優しい魔王様……！」

シャーリはスカートの裾をつまみ、深々と頭を下げた。

「それで、もうひとつはなんだ？」

「……は、その……ラクシャーサ様の封印が解けました」

「……なっ⁉」

今度こそ、レオニスは言葉を失った。

「〈冥府の魔神〉の封印が解けた？　な、なぜだ？」

「そ、それが……様々な経緯がありまして——」

「わかった。順を追って話してくれ。〈第〇四戦術都市〉で何があったのか」

……言って、レオニスはこめかみを押さえるのだった。


……——。


シャーリは〈第〇四戦術都市〉での出来事をレオニスに報告した。

彼女が遭遇した、〈ケイオス・ヴォイド〉なる規格外の〈ヴォイド〉。

その襲撃からレギーナたちを守るため、〈宝物殿〉の盾を失い、シャーリの正体がバレるに至ったこと。そして、〈ケイオス・ヴォイド〉と交戦したシャーリは、その虚無の汚泥の中に呑み込まれてしまったのだ。

「おぞましい真っ黒な泥の中で、わたしは意識を失いました。おそらく、その時に封印の力が弱まり、ラクシャーサ様が解放されてしまったのでしょう」

「……なるほど。あり得る話だ」

とすれば、責めを負うべきはシャーリではなく、脆弱な封印をほどこしたレオニスだ。

「――シャーリ、面(おもて)をあげよ」

「はっ――」

「今回のことは不問とする。お前は最善を尽くし、第十八小隊のメンバーを守るという命令を忠実にはたしたのだ。報償を与えこそすれ、責めを負わせることは無い」

「ま、魔王様っ、もったいなき御言葉(おことば)……」

深々と頭を垂れるシャーリ。

レオニスは自身の影の中から、ひと抱えほどもある彫像を取り出した。

「……!?」

深海魚と蝙蝠(こうもり)と髑髏(どくろ)をかけ合わせたような、不気味な邪神の彫像だ。

「戦働きの報償として、これを受け取るがよい」

「……っ、こ、これはまさか、名匠ギア・ゾンデ師の〈邪魅魍魎像(じゃみもうりょう)〉!?」

シャーリが驚きに眼(め)を見開く。

「こ、こんな素晴らしいものをわたくしに!?」

「なに、たまにはお前の働きに報いねばな」

「ははっ、ありがたき幸せ!」

シャーリは〈邪魅魍魎像〉を、両手で恭しく受け取った。

……ちなみに、素材は貴重な黒魔結晶のため、重量は十キロルほどある。

以前、内装が寂しいと思い、寮のリビングに飾ろうとしたのだが、あろうことかレギーナに捨てられそうになってしまい、ずっと影の中に眠らせていたのだった。

「報償といえば、少し考えていることがあるのだが――」

こほん、と咳払(せきばら)いして、レオニスは言った。

「なんでしょうか？」

「ああ、じつは、リーセリアを魔将軍に取り立てようと思っている」

「……なっ!?」

シャーリは声を上げ、あやうく〈邪魅魍魎像(じゃみもうりょう)〉を取り落としそうになる。

「ま、魔将軍にですか……？」

「お前の意見を聞きたい。どう思う？」

「……～っ！」

「ふむ、まだ力不足だと思うか？」

問われ、シャーリはむぅっと頬(ほお)を膨らませる。

しばらく、彼女は口をつぐんでいたが、

「魔王様のご下問であれば、お答えしますが――」

やがて、しぶしぶといった表情で口を開く。

「あの〈吸血鬼の女王(ヴァンパイア・クイーン)〉の娘は成長著しく、操血術、影魔術、暗殺技、第三階梯(かいてい)の死霊術、また〈竜王〉様の血までも使い熟(こな)しております。魔王様の右腕——はともかくとして、魔将軍として抜擢(ばってき)するには十分かと」

「そうか。お前もそう思うか」

「……嬉(うれ)しそうですね、魔王様」

満足げに頷(うなず)くレオニスを、シャーリはジト眼(め)で睨(にら)んで、

「そういえば、ブラッカス様は、どちらにおられるのでしょうか？」

と、あたりをきょろきょろと見回した。

「魔将軍の任命であれば、ブラッカス様のご意見も重要かと存じますが」

「ブラッカスは名誉の負傷をしてな、今は〈影の王国(レルム・オヴ・シャドウ)〉で休養中だ」

「……そうだったのですか。では、あとでお見舞いに向かいましょう」

「ああ、そうしてやってくれ。……ふむ、そうだな、今はとりあえず、我が眷属(けんぞく)を魔将軍に任じた際の二つ名を決めておくことにするか」

レオニスの〈魔王軍〉では、ブラッカスの〈漆黒の暴帝〉のように、将軍に二つ名を与えるのが慣例である。

「〈暗黒大魔騎士〉……は少し大袈裟(おおげさ)すぎるか。シンプルに〈魔血公爵(ブラッド・ロード)〉とか……」

「〈藪蚊の女王(モスキート・クイーン)〉などはいかがでしょうか。魔王様の血を吸うので」

「シャーリ、真面目(まじめ)に考えろ」

◆

――と、レオニスたちが、そんな会話をしているとは知る由もなく、

「ふう、やっぱり、本物の温泉は格別ね」

「んー、こんな場所でお風呂に入れるなんて、最高ですねー」

リーセリアたちは、〈桜蘭〉の露天風呂を満喫しているのだった。

「〈聖剣学院〉にも大型スパ施設ありますけど、咲耶に言わせると、成分だけを真似した偽物で、いろいろ効能が違うらしいですね。ほら、お肌もつるつるですよー♪」

レギーナが頬に両手をあてる。

「そういえば、咲耶、どこにいったのかしら」

咲耶は、ボクはちょっと用があるから、と言い残し、一人どこかへ姿を消したのだ。

「故郷だし、いろいろ思うところもあるのかもしれないわね……」

と、岩場に腰掛けていたエルフィーネが、湯の中に入ってくる。

「……そうですね」

答えつつ、リーセリアは彼女の横顔をチラッと見る。

……その表情は、やはり、まだ硬いままだ。

「フィーネ先輩っ！」

と、リーセリアはエルフィーネに声をかけ、

「……え？」

「えいっ！」

「ひゃっ……ちょっと、セリア⁉」

パシャアッとお湯をかけると、彼女は驚いたように振り向いた。

「……フィーネ先輩、いつもの先輩に戻ってください」

と、まっすぐに彼女の眼をみつめ、リーセリアは言った。

「もう、大丈夫です。悪い夢は、もう覚めましたから」

「セリア……」

エルフィーネはきゅっと唇を噛んだ。

それから、躊躇うように顔を上げ、口を開く。

「悪い夢だって――わたしも思いたい。けれど、わたしはセリアを、レギーナや咲耶を傷つけてしまった……」

「それは、フィーネ先輩のせいじゃありません」

「そうですよ、悪いのは先輩を攫ったフィレット社の連中です！」

レギーナもうんうんと頷く。

「――そうだとしても、わたし、は……」

「フィーネ先輩――」

俯(うつむ)き加減に呟(つぶや)くエルフィーネを、リーセリアはそっと抱きしめた。

「フィーネ先輩が戻ってきてくれた。本当に、それだけで、いいんです。それだけで、すごくすごく嬉(うれ)しいんです。だから――」

――戻って来てくれて、ありがとう。おかえりなさい。

と、エルフィーネの耳元で、想(おも)いを伝える。

「セリア……」

「あ、セリアお嬢様だけ、ずるいです！　わたしも！」

と、レギーナも後ろからエルフィーネを抱きしめた。

「フィーネ先輩、おかえりなさいです！」

「レギーナ……」

エルフィーネの薄闇色の瞳が涙でにじむ。

「わたしたち、みんなフィーネ先輩のことが、大好きなんですよ」

リーセリアは頷いて、エルフィーネの頭をかき抱く。

「……っ、う、うああああああああああっ！」

胸の中で、子供のように泣きじゃくるエルフィーネを、リーセリアは強く抱きしめた。

◆

「お姉さんは、〈桜蘭〉の戦士……なんですか？」

ふと、前を歩く少女が振り返り、咲耶に訊ねた。

彼女の身に纏う白装束を見て、そう思ったのだろう。

「——ああ、そうだよ」

と、咲耶は頷く。

「彼等と同じ、ね——」

集落の外れの、人気のない場所だ。

広場で遊んでいた少女に案内を請い、連れてきてもらった。

銘の彫られた石碑が集まって並んでいる。

ここは、〈ヴォイド〉と戦い、死んでいった戦士たちの墓だった。

「ここにあるのは、お墓だけ。お骨はありません」

——と、少女は言った。

遺体はない。〈ヴォイド〉に喰われ、無に帰したのだ。

「——ああ。案内、ありがとう」

と、咲耶は少女に礼を言う。

少女はぺこりとお辞儀すると、静かにその場を離れた。

咲耶が一人になりたいと察したのだろう。聡明(そうめい)な子供だ。

集落の子供たちは、誰も彼女のことを知らないようだ。姫巫女(ひめみこ)でもあった咲耶は、重要な儀式の時のほかは、あまり人前に姿を現すことはなかった。

「……──」

咲耶は一歩、足を踏み出すと、墓碑の前に跪(ひざまず)いて、祈りを捧(ささ)げた。

子供たちを守って戦った、〈桜蘭〉の戦士に。

〈魔剣〉に堕(お)ちた〈剣鬼衆(けんきしゅう)〉に。

そして──

「姉様──」

静かに立ち上がると、その手に〈雷切丸(らいきりまる)〉を顕現させる。

戦士の墓の前で、鎮魂の剣舞を舞った。

（──〈桜蘭〉の戦士の魂よ、どうか安らかに）

雷光を纏う刃(やいば)が空を斬る。

……──剣舞を舞い終えると、咲耶は最後に一礼し、後ろを振り返った。

「──やあ、少年」

──と、いつのまにか。彼女の背後にいたレオニスに声をかける。

「みごとな剣舞でした」

「いちおう、姫巫女だからね」

「戦死者の墓碑ですか」

言って、レオニスは咲耶のそばへ歩いてくる。

「ああ、遺体はないけどね」

「……そうなんですか？」

「みんな、〈ヴォイド〉に喰われてしまった」

咲耶は儚げな顔を墓碑に向けた。

「それで、少年は、どうしてここに？」

「え？　ええっと、お墓参りに……」

訊ねると、レオニスは誤魔化すように言った。

「いや、なんとなく想像はつくけどね……」

咲耶は笑顔を浮かべ、レオニスの頬を両側から引っぱった。

「怒らないから、正直に言ってごらん、魔王様？」

「さ、咲耶ふぁん、いふぁいえすよ……」

咲耶が指を放すと、レオニスは気まずそうに眼を逸らし、

「お、〈桜蘭〉の戦士は、精強だと聞くので……」

「うん、その通りだ」

「その、アンデッド戦士の素体にちょうどいいかと……」

「ていっ！」

「痛っ！」

咲耶のチョップが、レオニスの脳天に炸裂した。

「……～っ、お、怒らないって言ったじゃないですか」

頭を押さえ、涙目で抗議するレオニス。

「まったく。可愛い顔をして、中身は本当に〈魔王〉なんだね、君は――」

咲耶は呆れたように嘆息した。

「戦士の魂は、静かに眠らせてあげるべきだよ」

「――お言葉ですが、咲耶さん」

それは聞き捨てなりません、とレオニスは反論する。

「無念のうちに斃れた戦士の魂は、死を迎えた後も戦いを求めるものですよ。咲耶さんだって、そうじゃないんですか？」

「ボクは……う、ん――」

もし、自分が今、復讐を果たせぬまま命を落としたとしたら、たとえ生ける屍となったとしても、戦い続けることを望むだろう。

「……ああ、たしかに、君の言う通りかもしれないね」

と、咲耶は肩をすくめ、

「ちなみに、ボクが生ける屍になるとしたら、どんな風になるんだい？」

「咲耶さんですか。そうですね……」

レオニスは少し思案して、

「普通の人の骸でしたらスケルトンかグールがいいところですが、咲耶さんほどの使い手でしたら、デュラハン、ヴァンパイア、デスナイト、デスジェネラル……骸のない魂のみでも、ソウルコレクター、彷徨う亡霊剣士――あたりは固いところかと」

「そ、そうなんだ……」

無邪気にまくしたてるレオニスに、咲耶は頬を引き攣らせる。

「はあ……まあ、いいや。もしボクが死んだときは、よろしく頼むよ」

言って、咲耶は白装束の胸もとから、小さな袋を取り出した。

「なんですか、それ？」

「――遺灰だよ。大切な人の」

訊ねるレオニスに、咲耶は答える。

刹羅の遺灰だ。

「故郷の土に帰してあげたいと思ってね。ここなら、寂しくないだろう」

咲耶は袋に入った灰を、石碑の建ち並ぶその場所に撒く。

（本当は、都にある王家の墓所に帰してあげたかったけれど……）

今も〈ヴォイド〉が頻繁に現れるあの場所では、魂が安らぐことはないだろう。

咲耶は身を屈め、灰を撒いたその場所に、姉の好物だった柿の木の種を埋めた。

「──さよなら、姉様」

静かに別れを告げる。

……涙は流さない。復讐を果たす、その時までは。

「……行こう、少年」

と、咲耶は踵を返し──

「……？」

レオニスが、灰を撒いた場所をじっと睨んでいることに気付く。

「どうしたんだい、少年。ここに骨は埋まってないよ」

「いえ、違います。その遺灰……まだ、魂の残滓があります」

「え？」

きょとん、する咲耶。

「ど、どういうことだい？」

「……咲耶さんと、話したがっています」

レオニスは無言で石碑の前まで歩くと、足もとを見下ろした。

「第三階梯魔術――〈霊魂招来〉」

呪文を呟くと、地面に禍々しく輝く魔法陣が出現する。

「……ちょっと、少年、なにをする気だ？」

あわてて声をかける咲耶。

――と。

「……っ!?」

咲耶のすぐそばで風が巻き起こり、地面の砂を吹き散らした。

風に煽られ、〈桜蘭〉の白装束が激しくはためく。

そして――

『――咲耶』

――声が聞こえた。灰になったはずの、姉の声が。

『咲耶、聞こえるのね、私の声――』

「姉様……？」

咲耶は呆然として、渦巻く風の中に立ち尽くす。

『――よかった。もう一度、あなたと話すことができた』

「姉様……本当に、刹羅姉様……なの？」

見えない風に、咲耶は呼びかける。

レオニスのほうへ視線をやると、彼は無言でこくっと頷いた。

『咲耶、よく聞いて。私が消えてしまっても、私の魂は、私の魂の形である〈聖剣〉は、ずっとあなたと共にある。ずっと、一緒だから。それを忘れないで――』

風が、そっと抱きしめるように、咲耶を包み込んだ。

「姉様の……〈聖剣〉？」

と、咲耶の手にした〈雷切丸〉が、呼応するように光を放つ。

「これは……？」

『私に宿った〈聖剣〉――〈風鳴き〉。その力、あなたに託したわ』

刹羅の声は、そう告げて――

風の中に消えてゆく。

「姉様……待って、姉様……！」

『――忘れないで、咲耶。私はいつも、あなたと共にあるから』

吹く風が、ぴたりと止んだ。

「……」

咲耶はしばし呆然として――

やがて、レオニスのほうを向く。

「少年、いまのは……」

「遺灰の中にあった、魂の残滓を呼び起こしました」

レオニスはこともなげに言った。

「すみません、差し出がましいことをしました」

「いや……」

と、咲耶は〈雷切丸〉の柄を握りしめ、首を横に振る。

「――最後に、姉様の声が聞けてよかった。ありがとう、少年」

◆

――帝国標準時間一二〇〇。

十分に休息した第十八小隊メンバーは、〈桜蘭〉の集落に別れを告げることにした。

〈第〇四戦術都市〉を離脱する際、シャトレスに許可は取ったそうだが、そう長く部隊を離れるわけにはいかないようだ。

とくにエルフィーネは、フィレット社の令嬢ということで、〈魔剣計画〉に関していろいろな調査を受けることになるだろう。

それは、彼女自身も納得していることだ。

「――お姉ちゃん、これ、持っていって」

別れ際、隠れ里の子供たちは、宝物の木の実の種を分けてくれた。

「ありがとう。寮の菜園に植えるわね」

と、一人一人、子供の頭を撫(な)でるリーセリア。

ゾール・ヴァディスは姿を現さなかった。

……あまり、外の人間と関わりを持ちたくないのだろう。

一宿一飯の礼に、レオニスは〈宝物殿〉の魔導具を残していった。

子供たちが集落で生活するのに役立つものだ。

「お嬢様、任務中に棄民(きみん)を発見したときは、保護する規定ですけど、どうします？」

レギーナが言った。

リーセリアは少し思案して、

「……そうね。本人たちが希望するなら、〈第〇七戦術都市(セヴンス・アサルト・ガーデン)〉で引き受けることができるけど、ここは生活が成り立っているようだし、このままでもいいと思うわ」

「どのみち、戦術航空機には乗り込めないし、また後日伺いましょう」

エルフィーネが同意する。

たしかに、今は〈第〇七戦術都市〉よりも、ここのほうが安全かもしれない。

（なにしろ本物の〈魔王〉がいるのだからな……）

◆

数時間かけて森の中を歩くと、開けた場所に戦術航空機が待機していた。

「あ、ライテちゃん！」

「ママー」

操縦席に駆け寄ったリーセリアに、シュベルトライテが抱きついた。

「……マ、ママ!?」

「ち、違うんです、フィーネ先輩！」

驚くエルフィーネに、リーセリアがあわてて首を振った。

（……しかし、〈魔王〉をこうも手懐（てなず）けるとはな）

と、自身のことは棚に上げ、呟（つぶや）くレオニス。

〈機神〉がリーセリアをマスターと認めたのは、無論、彼女がロゼリアの転生体だからこそだろうが、今はリーセリア自身に懐いているように見える。

「――それじゃ、〈第〇四戦術都市（フォース・アサルト・ガーデン）〉に帰還しましょう」

エルフィーネが操縦席に乗り込み、モーターを起動した。

◆

――血のように真っ赤な空。

虚空（こくう）に浮かぶ黒い太陽が、不気味な胎動をはじめた。

戦いのはてに、無数の〈ヴォイド〉、神の眷属（けんぞく）、はては〈魔王〉までも呑（の）み込（こ）んだ胎（はら）が。

いままさに、終極のはじまりたらんとしているのだ。

「皮肉なものですね、〈剣聖〉よ。〈虚無の女神〉への憎悪によって、戦い続けたあなたが、我が〈女神〉が受肉するための贄（にえ）となるのですから」

と、丘の上から、その極点を見上げて――白髪の司祭が呟（つぶや）く。

端整な顔立ちの青年だった。

そう、彼は〈女神〉の使徒、ネファケスと同じ姿をしていた。

〈使徒（アポストル）〉の第一位――〈六英雄〉の大魔導師、ディールーダ。

この司祭の肉体は、錬金術で生み出した、自律行動する彼の端末だ。

重宝していた端末の一つは壊れてしまったが、死の間際、それは彼にとても重要な情報をもたらしてくれた。

〈女神〉の転生体が、人間の〈聖剣士〉の中で目覚めたのだ。

「そして、なんという幸運でしょう。我が端末が、〈女神〉の覚醒に立ち会えるとは――」

〈六英雄〉の大魔導師は恍惚(こうこつ)に顔を歪(ゆが)めた。

「ああ、早くあなたを――あなたを宿す彼女を取り込みたいものです」

その口から、涎(よだれ)のように虚無がこぼれ落ち、じゅっと大地が泡立つ。

〈次元城〉の〈使徒〉と、甦(よみがえ)りし〈不死者の魔王〉は消滅した。

虚無の尖兵(せんぺい)となるはずだった〈第〇四戦術都市(フォース・アサルト・ガーデン)〉も、〈聖剣〉を持つ人類によって奪還されたようだが、それも些末(さまつ)なことだ。

――世界は再び〈虚無〉に呑み込まれるのだから。

――と、その時。

胎動する黒い太陽に、変化が起きた。

その中心がぱっくりと縦に裂け、虚無の瘴気(しょうき)が滴り落ちる。

滴り落ちたその泥から、無数の〈ヴォイド〉が生まれた。

「おお、遂(つい)に――……」

溢(あふ)れ出(だ)した虚無が、両手を広げるディールーダを呑み込んだ。

◆

「……な、なんだと！」

帝都——〈セントラル・ガーデン〉。

帝弟アレクシオスは部下の報告を受け、狼狽(ろうばい)を露(あら)わにして叫んだ。

数時間前に〈第〇四戦術都市(フォース・アサルト・ガーデン)〉奪還の報を聞き、安堵(あんど)していた矢先のことだ。

「……それは、本当なのだろうな」

「——は、複数の探査型〈聖剣〉の使い手が同様の観測をしています」

端末越しに、緊張した声が返ってくる。

「……」

——それは、信じがたい。信じたくない報告だった。

〈帝都〉より、およそ二〇〇キロル離れた、〈精霊の森〉に——

途轍(とてつ)もない規模の〈ヴォイド〉の大群が突如、出現したというのである。

更に、現在その数は急速に増大しつつあるという。

「——っ、〈大狂騒(スタンピード)〉どころではないぞ！」

アレクシオスは声を震わせ、執務机を叩(たた)いた。

しかも、最悪のタイミングだった。〈帝都〉と〈第〇七戦術都市(セヴンス・アサルト・ガーデン)〉の防衛力は、〈第〇四戦術都市〉の奪還に振り分けられてしまっている。

「〈聖剣学院〉の〈管理局〉も、同様のデータを——」

「……わかった。こちらで対応を協議する」

通信を切ると、アレクシオスは立ち上がった。

「……っ、また、あの〈魔王〉に頼るしかないのか……」

戸棚に置いてある禍々しい魔王像を、恨めしげに睨む。

しかし、先日〈人類統合帝国〉と一時的な協力関係を結んだ〈魔王〉は現在、強奪した戦艦エンディミオンに乗艦し、〈第〇四戦術都市〉にいるはずだ。

いかに、あの〈魔王〉が超常的な力を持つとはいえ、間に合うとは思えないが。

アレクシオスは魔王像を掴み、話しかけた。

「――魔王陛下。陛下の忠実なる臣下のわたくしです、魔王陛下！」

……――しかし、返事はいっこうに返ってこない。

「くそっ、なにが〈魔王〉だ！」

アレクシオスは魔王像を乱暴に投げつけて――

「はあっ、はあっ……」

あたりをきょろきょろと見回した。

だが、魔王像を粗雑に扱ったにもかかわらず、なんの反応もない。

以前は、あの恐ろしいメイドがすぐに現れたというのに。

「くっ、なにをしているんだ、わたしは……」

少し冷静になると、そっと像をもとの位置に戻した。

報告はすでに、帝国議会にも上がっているだろう。

しかし、〈賢人〉たちに、この事態を打開できるとは思えない。

彼は落ち着きなさげに部屋の中を歩き回り、

「……そ、そうだ。あれがあった」

ふと、立ち止まり、窓の外の空を見上げた。

……十五分後。

彼は数人の部下を召集し、エルミナス宮殿の庭に巨大な投光器を設置させた。

「……アレクシオス殿下、なんですかこれは？」

部下の一人が怪訝(けげん)そうに訊(たず)ねる。

「説明している時間はない。今は一刻を争う事態なんだ」

「ははっ――」

この投光器は、〈魔王〉が特注で用意させたものだ。

〈帝都〉に緊急の事態が起きた時は、これを使うよう指示されていた。

（一体、なにが起きるのか……）

不安に思いつつも、アレクシオスは投光器を起動する。

と――

雲の垂れ込める灰色の空に、なにやら複雑な紋様が投影された。

無論、アレクシオスは知るはずもない。

それが、〈叛逆の女神〉の御旗――〈魔王軍〉のシンボルであると。

「なんだ、あの印は……ん？」

アレクシオスが眉をひそめ、空を眺めていると。

「で、殿下っ、何かが接近してきます！」

「……なっ!?」

アレクシオスが目を見開いた、その直後。

「レオニスウウウウウッ！」

ズオオオオオオオオオオオオオオン！

宮殿の中庭に、なにかが着弾した。

「けほっけほっ……な、ん……だ……？」

舞い上がる土埃の中、腰を抜かしたアレクシオスが目をこらすと――

着弾地点のクレーターの真ん中で、大柄な人影が立ち上がった。

「……ん？　どこだ、レオニスの奴は？」

と、その人影はあたりを見回し、不機嫌そうに呟く。

「じゅ、獣人種族……？」

白銀の鎧に身を包んだ、白虎族の男だ。

「だ、誰だ、君は……？」

「ああ？」

問うと、その白虎族の偉丈夫はアレクシオスをギロッと睨んだ。

「ひっ……！」

ひと睨みされただけで、全身が恐怖に固まった。

「貴様こそ、誰だ？　人間如きが、誰の許可を得てこの〈獣王〉を呼びつけた？」

「じゅ、〈獣王〉……？」

アレクシオスが疑問符を浮かべた、その時だ。

ズオオオオオオオオオオオオオン！

「……ぐおっ!?」

再び、中庭に何かが落下してきた。

爆風で、アレクシオスが吹き飛ばされる。

「こ、こんどはなんだ!?　え、衛兵っ！」

ヤケクソ気味に叫ぶが、部下たちはすでに気絶しているようだ。

「……ん、レオじゃないの？」

立ちこめる土煙の中から、また人影が姿を現した。

燃えるような緋色(ひいろ)の髪の少女だ。

その美しさに、思わず見惚(みと)れそうになるアレクシオスだが――

「――〈竜王〉、お前も来たのか」

「あら、ガゾス――」

どうやら、二人は知り合いのようだ。

「レオニスの奴(やつ)はどこだ？」

「……ってことは、ここにもいないのね」

と、緋色の髪の少女がアレクシオスのほうを睨み、近付いてくる。

「ねえ、どういうつもり？〈魔王軍〉の印を空にかかげるなんて」

「ま、〈魔王軍〉……？」

と、そこでピンとくる。

「そ、そうか。君たちは、魔王陛下の配下――」

「は？　誰が配下ですって？」

少女に睨まれ、アレクシオスの全身が総毛立つ。

「――まあ、待て。〈竜王〉よ、その者の心臓が止まってしまうぞ」

と、いつのまにか。もう一人、紫水晶の髪の少女が現れる。

妖精のように美しいその少女は、アレクシオスの前に屈(かが)み込(こ)んだ。

「して、人間よ。なぜ汝があのシンボルを知っている？」

「と、投光器のこと、か……？」

「──そう。あれは〈叛逆の女神〉が〈魔王軍〉を召集するための印。そうおいそれと出してよいものではないぞ」

「そういうことだ。くだらん理由なら、貴様の命はないと思え」

白虎族の男がアレクシオスを見下ろして言う。

（……やはり、この連中は〈魔王〉に関係する者たちか）

しかも、それぞれが凄まじい力を持っているようだ。

（……聞いてないぞ、そんな連中を召集するなど！）

と、胸中で〈魔王〉への恨み言を呟きつつ、彼は地面に平伏した。

「──魔王陛下のご友人方。どうか、人類に力をお貸しください」

聖剣学院の魔剣使い
Demon's Sword Master of Excalibur School

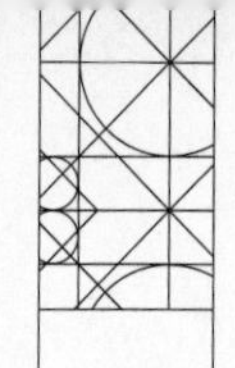

第七章　終極のはじまり

第十八小隊が〈桜蘭〉の地を発って、一時間ほど経った頃。

レオニスは戦術航空機の窓から海を眺め、考えごとをしていた。

いま、彼の頭を悩ませるのは、リーセリアの昇格のことだ。

彼女を将軍格に昇格させるとなると、軍団を任せることになる。

もともと小隊のリーダーなのだから、ある程度の指揮能力はあるはずだが、小部隊を率いるのと大軍の将となるのとでは、やはり勝手が違う。かく言うレオニスも、ほぼ単独で戦う〈勇者〉から〈不死者の魔王〉になった時は、戸惑いを感じたものだ。

新部隊創設のため、〈桜蘭〉で精強なスケルトン兵を調達しようと思ったのだが、その目論見も頓挫してしまった。

（……ひとまずは、〈ログナス三勇士〉あたりを補佐に付けておくか）

参謀役のネフィスガルには、レオニスも随分助けられたものだ。

部隊のことはさておき、更に頭を悩ませるのは序列のことである。

レオニスはリーセリアのほうにチラッと視線を向けた。

そもそも、彼女は〈叛逆の女神〉の魂を宿した器なのだから、本来は八人の〈魔王〉を統率すべき、レオニスよりも上位にある存在なのだ。

（しかし、彼女は俺の眷属でもあるし、なによりロゼリアとは別の人格だ。では、ロゼリアが顕現した時のみ、特別扱いで位階を上げるのか？　それは面倒だが……）

と、ひとり難しい顔で懊悩するレオニスを見かねてか、

「レオ君？　なにか悩みごと？」

リーセリアが気遣わしげに声をかけてくる。

「はい、セリアさんのことを考えていました」

窓の外を見つめたまま、答えるレオニス。

「……!?　わ、わたしのこと!?」

「はい。ずっと、セリアさんのことを考えてます」

「……～っ、レ、レオ君!?　こ、こんなところでなにを――」

ふわわっ、とリーセリアの頰が赤くなる。

「ふふっ、少年、おませさんですねー」

悪戯っぽい微笑を浮かべ、レギーナがレオニスの頰をつんつんつっつく。

「ちょっとはー、わたしのことも考えて欲しいかも？」

「むぐっ!?」

レギーナがレオニスの頭に手を回し、むぎゅっと抱きしめた。

「……～っ、レ、レギーナさん!?」

「レ、レギーナ、レオ君が困ってるでしょ！」

「えー、そんなことないですよねー、少年？」

レギーナのしなやかな指先が、レオニスの耳の裏にさわさわと触れる。

（くっ、な、なんという心地よさだ、抵抗できん……！）

「ああっ、レオ君が猫みたいに！」

「ふっふっふっ、これぞ精霊使いの秘伝、猫転がし♪」

「せ、先輩っ、その秘伝、こんど教えてくれないか？」

興味を抱いたのか、咲耶（さくや）が興奮気味に言う。

「かまいませんよー、ほら、ここが気持ちいいんですか？」

「……く、う……」

未知の快感に、レオニスが情けなくも抵抗力を奪われていると。

「……なにかしら？」

操縦席のエルフィーネが怪訝（けげん）そうに呟（つぶや）いた。

「先輩、なにかあったんですか？」

「ええ、〈第〇七戦術都市（セヴンス・アサルト・ガーデン）〉の〈管理局〉で、大量の通信が飛び交っているの」

訊（たず）ねるリーセリアに答え、エルフィーネは〈天眼の宝珠（アイ・オヴ・ザ・ウイッチ）〉を起動する。

　青白く光る光球が、彼女の頭上に出現した。

〈天眼の宝珠〉の通信能力は、軍用の通信端末よりはるかに高性能だ。数十キロル先の通信も傍受することができる。

……ザ、ザザザ……――と、ノイズのような音が機内に響く。

「不明瞭だけど……これ、〈管理局〉の秘密通信ね」

　怪訝そうに眉をひそめ、彼女は〈天眼の宝珠〉の表面の文字を解読する。

「大陸の〈精霊の森〉に、大規模な〈ヴォイド〉反応!?」

「……!?」

　リーセリアたちは顔を見合わせた。

〈精霊の森〉といえば、〈帝都〉と〈第〇七戦術都市〉が停泊している海域の近くにある森林地帯であり、以前、〈影の女王〉が〈影の王国〉を打ち立てていた場所だ。

「……〈大狂騒(スタンピード)〉の予兆ですか?」

　と、緊迫した声で訊ねるリーセリア。

「え、ええ……でも、おかしいわ」

　と、エルフィーネが眉をひそめる。

「目と鼻の先に人類の要塞があるのに、どうして侵攻を始めないのかしら」

「たしかに、そうですね。こんなことは、これまでに一度も……」

「……まるで、なにかを待っているようだね」

咲耶がぽつりと呟いた。

「なにか、嫌な予感がするわ」

リーセリアがレオニスたちのほうを振り返った。

「帰還先を変更して、すぐに〈第〇七戦術都市〉に戻りましょう」

咲耶とレギーナがこくっと頷く。

〈大狂騒〉の発生するかもしれない死地に、敢えて赴くことになるが、二人とも躊躇はしない。それが、〈聖剣〉を授かった騎士の在り方だからだ。

「フィーネ先輩、お願いします」

「わかったわ。最大速度で、あと二時間で到着するわ」

「二時間――もっと速くは無理ですか？」

「ええ、これ以上は――」

「――可能です」

と、副操縦席のシュベルトライテが声を発した。

「ライテちゃん、本当？」

「はい。ただ、機体が空中分解する可能性が十五％ほど」

「ええっと、安全面は考慮して、ギリギリのところまで――」

「了解しました、マスター。機体とのリンクを開始します」

頷いて、シュベルトライテは眼(め)を閉じた。

頭の角が魔力光を帯びて輝く。

「――リンク完了」

瞬間。モーターの出力が上昇し、戦術航空機のスピードが一気に上がった。

「……ライテちゃん、すごい！」

「……ど、どんな仕組みなんです？」

と、レギーナが困惑顔で突っ込んだ。

◆

「――なるほど。あの人間の言った通り、面白いことになってるじゃねえか」

〈管理局〉のタワーの頂上で――

白銀の鎧(よろい)を纏(まと)った〈獣王〉ガゾス＝ヘルビーストは、獰猛(どうもう)な笑みを浮かべた。

その金色の魔眼は、二〇〇キロル先にある〈精霊の森〉を見通している。

大陸一帯に広がる大森林の上空に、黒い太陽が浮かんでいた。

あるいは、世界にぽっかりと空いた極点が。

その極点から、どろどろと真っ黒な泥が溢れ出している。

溢れ出した泥は森を呑み込み、大地を黒く塗り潰してゆく。

黒く、黒く黒く黒く黒く黒く——……

「——〈大海嘯〉だな」

と、その背後に立つ少女、〈海王〉リヴァイズが声を発した。

「ん、なんだそりゃ？」

「〈海妖精族〉に伝わる世界の終焉だ。すべての陸地が海に呑み込まれ、地上の生命は死に絶える——とされておる」

「竜族にも、似たような伝承があるわ」

と、ヴェイラが不敵に嗤う。

「世界を燃やし尽くす焔——〈終焉の焔〉。あたしがまだ子竜の頃、エルダー・ドラゴンの長老たちが語ってた。あたしが成長してからは、それはあたしのことじゃないかって、議論されてたけど——」

「そ、そういえば、獣人族にも同じような伝承があったような……」

「いや、無理に対抗しなくていいわよ」

と、ヴェイラは虚空に浮かんだ黒い太陽を睨んだ。

黒い孔から、無限に溢れ出す汚泥。

あれは、すぐにこの人類の要塞を呑み込み、やがて世界を覆い尽くすだろう。

「……気に入らないわね」

と、ヴェイラはつまらなそうに言った。

「あんなのに呑み込まれた世界なんて、支配したって面白くないわ」

「珍しく気が合うな、〈竜王〉よ」

〈獣王〉が、その手に巨大な戦斧を召喚した。

「あの黒い太陽をぶっ壊せばいいんだろ？」

「そうね。ついでにこの都市を守れば、レオに貸しをつくれるわ」

「ああ、奴の居ぬ間に、すべてを終わらせちまおう――」

〈獣王〉は〈次元城〉での決戦に参戦できなかったことを、根に持っているのだった。

「〈竜王〉よ、こたびの一番槍は俺に譲ってもらうぞ！」

ドッ――！

咆哮し、〈獣王〉はタワーの頂上から跳躍した。

音速を超えて、破壊の衝撃を放ちながら、一気に〈帝都〉の防壁を飛び越える。

「……あ、待ちなさい！」

ヴェイラも巨大なドラゴンに姿を変え、その後を追う。

暴風が巻き起こり、垂れ込める雲を吹き散らした。

「ま、どこへ消えたとも知れぬレオニスを待てる状況ではない、か――」

リヴァイズも、魔力を帯びてふわりと飛び上がる。

魔力を宿したその眼(め)は、じっと黒い極点を見据えた。

「なにか、よからぬものがいる、の――」

◆

――帝国標準時間一四〇〇(ヒトヨンマルマル)。

はるか地平線の彼方(かなた)に、巨大な〈第〇七戦術都市(セヴンス・アサルト・ガーデン)〉の高層ビル群が見えてきた。

「こちらは〈聖剣学院〉所属、第十八小隊、エルフィーネ・フィレット。〈管理局〉に着陸許可を要請する。繰り返す――」

先ほどからエルフィーネが通信を試みているが、〈管理局〉の応答はない。

「……駄目ね。〈精霊の森〉を中心に、広範囲のジャミングが発生しているわ」

「二〇〇キロル離れた場所からですか!?」

驚きの声を上げるレギーナ。

――と、その時。レオニスの制服の袖が、くいくいっと引かれた。

「レオニス、あれを――」

と、窓の外を指差して、小声で呟(つぶや)くリーセリア。

「……？」

彼女の指差すほうに目を向けると――

（なんだ、あれは――？）

広大な〈精霊の森〉の上空に、黒い球体が浮かんでいた。

その球体から、真っ黒な汚泥が溶岩のように溢(あふ)れ出(だ)し、森に流れている。

魔眼で目を凝らしてみると――

その汚泥の正体は、蠢(うごめ)く不定形の〈ヴォイド〉の群れだ。

「あれは、〈ヴォイド・ゴッド〉――〈虚無〉の特異点だ」

リーセリアが静かに呟いた。

「セリアさん？」

その口調に違和感を覚え、レオニスは彼女のほうを向く。

と、透き通ったその蒼氷(アイス・ブルー)の瞳が、ほのかに黄金色の燐光(りんこう)を宿していた。

「……っ、ロゼリア？」

小声で囁(ささや)くと、彼女は無言でこくっと頷(うなず)いた。

……どうやら、一時的に意識の表面に出てきたらしい。

『……特異点だと？　〈ヴォイド・ゴッド〉とはなんだ？』

と、レギーナたちに聞こえぬよう、念話に切り替える。

『――七〇〇年前。〈虚無〉に蝕まれた〈光の神々〉が、世界破滅の起点となった』

虚空の黒い球体を見据えたまま、彼女は言った。

『それが、〈ヴォイド・ゴッド〉――〈ヴォイド〉化した神の成れの果てだ』

『世界破滅の起点……あの球体が？』

『そうだ。あの虚空の孔から溢れ出した〈虚無〉が、たった数日で世界を呑み込んだ』

レオニスは息を呑んだ。

『……あの孔は、〈虚無世界〉に通じているのか？』

『違う。あれは、〈虚無世界〉の裂け目とはまったくの別物――』

ロゼリアは首を振った。

『あの極点の向こう側にあるのは――〈虚無〉の根源そのものだ』

『……っ、な……んだと!?』

『なぜ――』

それは、愚かな〈光の神々〉が手を伸ばした――世界の外側。

この世のすべてを無に還す、〈虚無〉の根源。

と、レオニスは疑問を口にした。

『なぜ、七〇〇年前の特異点が出現した？』

『わからない。わたし以外の〈光の神々〉は、完全に〈虚無〉に呑み込まれ、消滅したはずなんだ。そして、未来に〈ヴォイド・ゴッド〉になり得た〈不死者の魔王〉は、君が〈聖剣〉によって討ち滅ぼした。その破滅の未来は回避したはず――』

『待て、俺が、〈虚無〉の特異点になるはずだっただと？』

『――そうだ。わたしの未来視では、〈不死者の魔王〉が、〈聖剣〉の反転体である〈魔剣〉を取り込み、滅亡の特異点となるはずだった』

『しかし、奴は俺が倒した。では、あれは一体……？』

レオニスは、黒い極点をじっと睨み据え――

ふと、頭をよぎるものがあった。

『――いや、俺には心あたりがあるぞ、ロゼリアよ』

と、呟く。

『――〈虚無世界〉の〈ヴォイド〉を取り込み続け、正真正銘の化け物となった存在。奴ならば、あるいは、その特異点とやらになり得るかもしれん』

〈六英雄〉の〈剣聖〉――シャダルク・シン・イグニス。

〈光の神々〉の祝福によって、無限の進化を続ける最強の〈六英雄〉。

『〈六英雄〉の〈剣聖〉――そうか』

と、ロゼリアは頷いた。

『〈不死者の魔王〉が滅びたことによって、運命は別の存在を選んだのか――』

否（いな）、運命ではなく、そこには彼女の意思が介在しているのか――

虚無に蝕（むしば）まれた、もう一人のロゼリア・イシュタリスの意思が。

『以前、〈虚無世界〉で戦った時、奴（やつ）の力はすでに異常だった。同じく〈ヴォイド〉化した〈六英雄〉、〈大賢者〉アラキールや〈龍神（りゅうじん）〉ギスアーク、〈聖女〉ティアレスとは、比べものにならない化け物だった』

〈竜王〉、〈海王〉と三人がかりで、なお倒しきることができなかった。

あの死闘の後、〈虚無世界〉で、〈ヴォイド〉を取り込み、無限の進化を続けた。

あるいは、あの戦いこそが、彼（か）の英雄を更なる狂乱に導いたのかもしれない。

『ならば、あの〈ヴォイド・ゴッド〉は、まだ完全な終極には到達していない』

と、ロゼリアはそう口にした。

『……どういうことだ？』

『〈不死者の魔王〉は、人類の〈聖剣〉を大量に取り込むことで、〈ヴォイド・ゴッド〉となるはずだった。しかし、あれはまだ〈聖剣〉を取り込んでいない。ゆえに、人類最後の要塞にその手を伸ばそうとしているんだ。あの黒い奔流は――』

『〈帝都〉と〈第〇七戦術都市（セヴンス・アサルト・ガーデン）〉を呑（の）み込（こ）もうとしているのか――！』

『そうだ。〈虚無〉の根源より噴き出し続ける〈ヴォイド〉の汚泥。あれが、〈聖剣士〉を擁する人類の要塞に到達した時――この星は完全に〈虚無〉に呑み込まれる』

森に広がる〈ヴォイド〉の奔流は、じわじわとその触手を広げている。

『――今なら、まだ間に合うということか』

『……可能性はある。しかし――』

『では、なにを躊躇(ためら)うことがある――』

と、レオニスは彼女の眼(め)を見つめて言う。

『俺は君の〈魔王〉だ。〈女神〉の名において、命じるがいい。〈魔王軍〉の怨敵たる〈六英雄〉――シャダルク・シン・イグニスを滅ぼせと』

『レオニス……』

ロゼリアは、そっとレオニスの頬(ほお)に手をあてた。

『〈不死者の魔王〉、レオニス・デス・マグナスよ――』

『……』

『世界のために――あの〈剣聖〉滅ぼしてくれ』

『――承った、我が女神よ』

レオニスは不敵に嗤(わら)うと、

「――あの、すみません」

突然、手を挙げて立ち上がった。

「少年、どうしたんです？」

と、前方で通信を試していたレギーナが振り向く。

「ちょっと、ここで降ります」

「ええっ⁉」

レギーナの声に、座席で咲耶がパチッと目を覚ました。

「ん、どうしたんだい？」

「少年が、ここから降りるって――」

「……ん、そうか。パラシュートは着けるんだよ」

「ちょっと、咲耶⁉」

その間に、レオニスは降下用ハッチに潜り込んだ。

「レオ君、わたしも――」

と、リーセリアもその後を追う。

「セリアお嬢様まで⁉」

「レギーナ、ごめんね。そっちは任せたわ」

「ちょっ、お嬢様……⁉」

引き留めようとするレギーナの腕を、咲耶が掴んだ。

「ま、行かせてあげようじゃないか」

「咲耶……」

レオニスがハッチを解放すると、轟々（ごうごう）と風が吹き荒れた。

「レオ君、待って――！」

「セリアさん……」

頭上を振りあおぐと、リーセリアと目が合った。

その瞳の色は、元の蒼氷（アイス・ブルー）に戻っていた。

「わたしも行くわ」

と、狭いハッチに入り込んでくる。

むぎゅっとレオニスの顔が胸に挟まれる。

「もしかして、さっきの念話――」

「うん、わたしにも聞こえてた。レオ君、一人で行くんでしょ」

「……はい」

レオニスは頷（うなず）いて、

「セリアさんは、みんなと一緒に〈第〇七戦術都市（セヴンス・アサルト・ガーデン）〉に――」

「レオ君。わたしは、レオ君の眷属（けんぞく）だよ。君を一人だけ行かせるなんて」

「セリアさん、あれは〈魔王〉以外の手に負えるものでは――」

と、言いかけて――レオニスは思いなおした。

「……わかりました。一緒に行きましょう」

「う、うんっ！」

嬉しそうに、笑顔を浮かべるリーセリア。

「じゃ、じゃあ、ちょっと待って、いまパラシュートを――」

「そんなものはいりません」

「え？」

レオニスはリーセリアの身体を抱きかかえ、空中に身を投げ出した。

◆

「――このあたりがよさそうですね」

レオニスは重力魔術を操り、荒野にふわりと降り立った。

両手に抱えたリーセリアをそっと降ろす。

「……はあああ、びっくりしたぁ」

「セリアさんも、飛翔の魔術は使えるでしょう」

「心構えの問題だもん」

乱れたスカートを整えつつ、頬を膨らませるリーセリア。

と――

「セリアさん、聞いてください――」

レオニスは顔を上げ、彼女に真剣な眼差しを向けた。

「う、うん……」

「いまから、セリアさんを〈魔王軍〉の将軍に任命します」

「……え？」

リーセリアはきょとん、と首を傾げた。

「ど、どういうこと？」

「セリアさんには、僕のかわりに、〈不死者〉の軍団を指揮してもらいます」

言って、レオニスは自身の影を振り返り、

「シャーリ、あれを――」

「ははっ！」

影の中から、シャーリがスッと姿を現した。

「あ、師匠――」

と、少し嬉しそうな声を上げるリーセリアを無視して――

彼女はレオニスに、なにやら立派な装飾のほどこされた巻物を恭しく差し出した。

「略式ですが、これからセリアさんの昇格の儀式を行います」

受け取った巻物をするする開くと、こほん、と咳払いして、

「汝、〈不死者の魔王〉レオニス・デス・マグナスの忠実なる眷属、リーセリア・レイ・クリスタリアよ――」

厳かな口調で、リーセリアに話しかける。

「レ、レオ君？　急にどうしたの？」

戸惑いの表情を浮かべるリーセリア。

「厳粛な儀式です。真面目に――」

「は、はいっ！」

レオニスがじろっと睨むと、リーセリアはぴしっと背筋を伸ばした。

「――汝を、偉大なる我が名の下に、〈魔将軍〉として任命する」

「……っ!?」

と、レオニスの持つ巻物が魔力の光を放った。

それから、レオニスはリーセリアの前にすっと右手を差し出した。

右手の甲に、眷属との契約を表す〈支配の刻印〉が浮かび上がる。

普段、彼が使うことはまずないため、リーセリア自身、忘れかけていた刻印だ。

「我が眷属よ、永遠の忠誠の証として、誓約の口づけをいまここに――」

厳粛な声で告げるレオニスに、

「……～っ、く、口づけっ⁉」

リーセリアの頰がカアッと赤くなる。

「レ、レオ君？　そ、そんな急に言われても、こ、心の準備が……」

「セリアさん――」

「はいっ！」

「魔将軍の叙任は、本当に厳粛な儀式なんです。真面目に――」

「……わ、わかりました」

覚悟を決めたリーセリアは、レオニスの前に膝を屈めて、

……ちゅっ。と頰にキスをした。

「……なっ⁉」

レオニスが目を見開く。

「……～っ、な、ななな、なにをしてるんですかあっ！」

背後に控えたシャーリが、悲鳴のような声を上げた。

「ち、違いますっ、手です……手の刻印に！」

顔を赤くして叫ぶレオニス。

「あ、そ、そうよねっ⁉」

「早くしてください、儀式が失敗します」

リーセリアはあわてて跪(ひざまず)き、レオニスの手の甲に口づけする。

――と、その瞬間。

彼女の全身から魔力の光がほとばしった。

「……レ、レオ君、これは!?」

魔力は闇色のドレスに姿を変え、リーセリアの全身を包んでゆく。

「こ、この姿は……?」

「……どうやら、成功したようですね」

と、レオニスは安堵(あんど)の声を漏らした。

「――その姿こそ、〈吸血鬼の女王(ヴァンパイア・クイーン)〉の真の姿です」

正直、昇格の儀式が成功するかどうかは賭けだった。彼女自身が、十分な力を身に付けていなければ、真の覚醒に至ることはないのだ。

「この姿、元に戻せるの……?」

と、背中に生えた蝙蝠(こうもり)の翼を見て、リーセリアは不安そうに訊(たず)ねてくる。

「もちろん、〈真祖のドレス〉と同じ要領で、戻ることはできますよ」

「よかった……」

彼女はほっと胸を撫(な)で下(お)ろす。

「……でも、昇格って、どういうこと?」

「はい。セリアさんは〈不死者〉の軍勢の指揮官になりました」

レオニスがパチッと指を鳴らすと、足もとの影が分裂する。

影はすーっと伸びて、リーセリアの影の中に溶け込んだ。

「たった今、〈影の王国〉における権限の一部と、〈不死者の軍団〉を移譲しました。これで〈不死者の軍団〉は、セリアさんの指揮下に入ったことになります」

「……わたしが、レオ君の軍団を？」

「はい。その上で、セリアさんに頼みたいことがあります」

と、レオニスは真剣な眼差しを彼女に向けた。

「〈不死者の軍団〉を指揮して、僕のかわりに、〈王国〉を守ってください」

「〈王国〉？」

「〈第〇七戦術都市〉と〈帝都〉を。僕があの〈虚無〉の極点を破壊するまで、〈ヴォイド〉の軍勢を食い止めてください――」

「……そういうこと、ね」

と、この聡明な眷属は、すぐにレオニスの意図を理解した。

きゅっと唇を噛んで、彼の頬にそっと触れる。

「レオ君……」

「お願いします、セリアさんにしか頼めません」

「……それを言われると、参っちゃうな」

リーセリアは肩をすくめ、くすっと微笑(ほほえ)んだ。

「──わかった、任されたわ」

レオニスは頷(うなず)くと、影の中から巨大な〈屍骨竜(スカル・ドラゴン)〉を召喚した。

尻尾(しっぽ)の骨に掴(つか)まり、這(は)うようにして首までよじのぼる。

「レオ君──」

と、リーセリアはその背中に声をかける。

「気をつけてね」

「心配いりませんよ」

と、レオニスは振り返って、悪い笑みを浮かべた。

「──僕は、最強の〈魔王〉ですから」

◆

全長二十メルトの〈屍骨竜〉が、空を飛翔(ひしょう)する。

眼前に広がるのは、〈精霊の森〉を呑(の)み込(こ)む〈虚無〉の汚泥だ。

レオニスは後ろを振り向かない。背中はすでに預けてあるのだ。

無論、まったく不安がない、というわけではないが――

そこは、彼の最も信頼する友に任せてある。

――と、レオニスの接近に反応してか。

〈虚無〉の汚泥の中から、〈天使〉に似た数十体の大型〈ヴォイド〉が姿を現した。

「――少し数を減らしておくか」

レオニスは呟(つぶや)くと、影の中から〈封罪の魔杖(まじょう)〉を取り出した。

「これを手にするのも久し振りだな――」

十歳の少年が持つにはややサイズが大きいが、やはりこれが一番手に馴染(なじ)む。

養生テープで補強しつつ使っていた〈絶死眼の魔杖〉は、〈ログナス三勇士〉のネフィスガルに与えるとしよう。

レオニスは魔杖の尖端(せんたん)を前方に振り下ろし、

「第八階梯(かいてい)魔術――〈極大消滅火球(アルグ・ベルゼルガ)〉」

ズオオオオオオオオオオオオン！

紅蓮(ぐれん)の焔(ほのお)が炸裂(さくれつ)し、ドラゴン型〈ヴォイド〉を一気に呑み込んだ。

大気が震え、落下した焔が火柱となって噴き上がる。

「……な、なんだと!?」

その威力に、レオニス自身が目を見開く。

〈封罪の魔杖〉の増幅はかけていない。
それどころか、簡易詠唱によって、威力は落ちているはずだ。
（まさか、俺の素の魔力が上がっている、のか……？）
レオニスは自分の手をに目を落とした。
考え得る原因は、ひとつだ。
（もう一人の俺が滅んだからか……）
レオニスの魔力の三分の二は、あの〈不死者の魔王〉に持って行かれた。
その本来の魔力が、レオニスの元に戻りつつあるのか――
「第十階梯魔術――〈魔星招来〉！」
地上にいる〈ヴォイド〉の軍勢めがけ、更に強力な呪文を唱える。
空に大量の魔法陣が展開し、小型の隕石が降りそそいだ。
ズドドドドドドドドドドドドッ――――！
天を衝くように無数の火柱が噴き上がる。
〈ヴォイド〉の群れごと、広大な〈精霊の森〉は焦土へ姿を変えた。
「……くっ、くくく――くく、素晴らしい。これが本来の俺の魔力か！」
と、レオニスが悦に入っていると――
「――レオ！」

頭上に影が差し、〈屍骨竜（スカル・ドラゴン）〉をすっぽりと覆った。

「……!?」

見上げると――

真上を飛ぶ、巨大な真紅の竜の姿があった。

「……ヴェイラ!?」

「あんた、どこに居たのよ！」

ヴェイラは高度を下げ、レオニスの〈屍骨竜〉と並んで飛行する。

「――いや、〈次元城〉の崩壊に巻き込まれてな。それより、お前がここにいるということは、あの極点を破壊しに行くのだな」

「ええ、なんだかよくわからないけど、あれは放置できないわ――」

「よかろう、俺についてくるがいい！」

「はあ？　あんたがついてきなさいよねっ！」

◆

ザッザザッザザッザザッザザッザ――……

〈影の王国（レルム・オヴ・シャドウ）〉より召喚された、無数のアンデッドの軍勢が、荒野を進軍する。

スケルトン・ソルジャー、スケルトン・アーチャー、スケルトン・メイジ、スケルトン・チャンピオン、グール、ドラゴンゾンビ、ソウル・コレクター、デスクラウド、シャドウデーモン、イヴィル・エレメンタル、スカル・コロッサス……――

岩だらけの大地を走る巨大な〈重装骨戦車(ボーン・スマッシャー)〉の櫓(やぐら)の上で、リーセリアは指揮を執る。

「――進軍せよ、大いなる〈不死者の軍団〉よ！」

〈聖剣〉の刃の指し示す先――

はるか前方から、〈ヴォイド〉の軍勢が押し寄せてくる。

「こ、こんな感じで大丈夫……？」

と、リーセリアは不安げに、後ろのシャーリを振り返る。

「兵の士気にかかわります。将軍はもっと堂々としていてください」

もぐもぐとドーナツを囓(かじ)りつつ、答えるシャーリ。

「……士気って、不死者なのに？」

「雑兵のスケルトン兵などはともかく、魔王様自らの生み出した、上級の不死者は意思を持ちます。指揮官が弱腰なようでは、勝手に帰ってしまいますよ」

「……そ、そういうものなのね」

リーセリアは自身の頬(ほお)をぴしゃっと叩(たた)き、気合いを入れなおした。

「それで、どこに布陣なさるのですか？」

と、シャーリが訊ねてくる。

……指揮官としての能力を試されているようだ。

「そうね……」

〈聖剣学院〉で、対〈ヴォイド〉を想定した軍学の講義は履修しているが、そもそも、〈聖剣士〉は大軍を指揮することは想定していない。大規模な〈巣〉の掃討作戦にしても、投入されるのは、せいぜい五十人程度のユニットだ。

リーセリアはひと通り、あたりの地形を見回して、

「――本体は、あの丘に布陣して迎え討つわ」

と、小高い丘陵地帯を指し示した。

「――二十五点です」

「ええっ、どうして⁉」

厳しめの評価を下すシャーリに、困惑の声を上げるリーセリア。

「本陣はあの沼地に布陣すべきでしょう」

「ぬ、沼地に……？」

「不死者の軍勢は、沼地や古戦場、墓地など、瘴気の溜まりやすい土地でこそ、より力を発揮できるのです。覚えておいてください」

「――わ、わかりました。なんか不気味な感じのする地形に陣取る、と」

律儀にメモを取るリーセリア。

シャーリのアドバイス通り、沼地に布陣するよう指示を出す。

押し寄せる〈ヴォイド〉の軍勢は、もう目と鼻の先にまで迫っている。

森を喰らい、大地を穢し、世界のすべてを呑み込む虚無が――

（……レオ君、力を貸して――）

祈るように目を閉じて、リーセリアは〈誓約の魔血剣〉を頭上にかかげ、

「〈不死者の魔王〉の名の下に、リーセリア・レイ・クリスタリアが命じる――」

まっすぐ前方に差し向けた。

「――全軍、突撃せよっ！」

ドドドドドドドドドドドドドドドドドドッ――！

激しい土埃を上げ、不死者の軍勢が突撃する。

沼地の中央で激突する、〈ヴォイド〉と〈不死者の軍団〉。

巨大なスカル・ジャイアントがオーガ級〈ヴォイド〉をまとめて握り潰し、ヒュドラ級

〈ヴォイド〉がスケルトン兵をまとめて押し潰す。

「……っ、どんどん壊されてるわ!?」

「大丈夫です、不死者の兵は魔力で復活しますので――」

砕け散ったスケルトン兵はすぐに再生し、〈ヴォイド〉めがけて襲いかかる。

ひとたび激突してしまえば、陣形もなにもあったものではない。

雄叫(おたけ)びを上げて喰(く)らい合う、化け物どうしの乱戦だ。

「――みんな、持ちこたえて！」

同時、リーセリアの全身からほとばしった魔力が、戦場を覆った。

〈魔血の祝福〉――進化した〈吸血鬼の女王(ヴァンパイア・クイーン)〉の真の力だ。

魔力を帯びた〈不死者の軍勢〉が勢いを増し、〈ヴォイド〉を押し戻す。

が、しかし――

■■■■■■■■■■ッッッ――！

氾濫する〈虚無〉の汚泥が、沸騰するように泡立った。

汚泥の中から、不気味な飛行型〈ヴォイド〉が次々と生まれてくる。

「……っ、ワイヴァーン級!?」

たちまち、空を埋め尽くした飛行型〈ヴォイド〉の群れは、沼地に急降下を繰り返し、その鋭い爪でスケルトン兵を粉々に破砕する。

レオニスの〈不死者(アンデッド)の軍勢〉の主力は地上軍だ。ソウル・コレクターやデス・クラウドなど、空を飛べる不死者もいるが、数が極端に少ない。

更に、地上の〈ヴォイド〉も、汚泥の中から無限に湧き出してくる。それも、オーガ級やマンティコア級など、中位に分類される比較的強力な個体ばかりだ。

（……っ、このままじゃ、挽き潰される——！）

リーセリアはくっと奥歯を嚙みしめた。

レオニスがリーセリアを信頼して預けてくれた、不死者の軍団だ。

いたずらに損耗させるわけにはいかない。

「わたしも出るわ——」

言うが早いか、リーセリアは〈重装骨戦車〉の櫓から飛び降りる。

「えっ、ちょっと!?」

シャーリが目を丸くした。

「指揮官が前線に出るのは愚策です——」

「レオ君は？」

「そ、それは……」

「わたしが前に出たほうが、士気も上がる——でしょ？」

「む……」

言い返され、言葉に詰まるシャーリ。

吸血鬼の翼を広げ、リーセリアは最前線めがけて滑空する。

——もう、守られているだけのわたしじゃ、いたくない。

六年前のあの日、廃墟の中でそう誓った。

彼女の〈聖剣〉は、その想いに応えて、顕現してくれた。

〈聖剣〉は人の意思にして、魂の形。

その意思を貫くことが、〈聖剣〉の力をより強くする。

（——そうですよね、女神様）

胸に手を添え、自分の中にいる女神にそっと呼びかける。

トクン、と——動かないはずの心臓が鼓動を打った。

「はあああああああああっ——〈烈華血風陣〉！」

裂帛の呼気を放ち、空中で〈誓約の魔血剣〉を振り下ろす。

吹き荒れる血刃の旋風が、ワイヴァーン級〈ヴォイド〉を次々と斬り裂いた。

地上に降り立ち、勢いのまま、オーガ級〈ヴォイド〉を斬り伏せる。

（……これが、わたしの本当の力!?）

魔力が圧倒的に上昇しているのを感じる。

通常状態でありながら、まるで〈真祖のドレス〉を纏っているようだ。
■■■■■■■■■■■■ッ——！
背後で咆哮。

汚泥の中から、巨大なヒュドラ級〈ヴォイド〉が出現する。

「……っ！」

ゴオオオオオオオオオオオオオッ！

ヒュドラ級〈ヴォイド〉が鎌首をもたげ、黒い焔を吐き出した。

「――みんなっ、下がって！」

咄嗟に、リーセリアは焔の中に斬り込んだ。

燃え盛る黒焔が、〈誓約の魔血剣〉の刃に吸収され、轟々と渦を巻く。

「――〈竜の血〉よ、焔を喰らい尽くせ！」

逆巻く紅蓮の焔が、振り上げた刃に宿る。

暴れ狂う〈竜の血〉が、巨大なヒュドラ級〈ヴォイド〉を一瞬で焼き尽くした。

崩壊しかかった〈不死者の軍団〉が、みるみる間に勢いを取り戻し、

と、その刹那――

「第八階梯魔術――〈聖王破結界〉」

降りそそいだ眩い光が、不死者の軍勢を一瞬で灰にした。

「……なっ⁉」

愕然として、目を見開くリーセリア。

（……一体、何が⁉）

「ああ、素晴らしい。こんなところで〈女神〉と出会えるとは」

〈虚無〉の汚泥の中から、どろりと人影が姿を現した。

司祭の服を着た、白髪の青年だ。

その姿には、無論、見覚えがある。

「ネファケス――!?」

「ああ、あのような不出来な人形と、一緒にしないでいただきたい」

青年はにっこりと微笑んだ。

リーセリアの全身に怖気が走った。

違う。外見はあの司祭と同じだけれど――

――もっと、ずっと恐ろしい何か。

「あなたは、誰……?」

〈聖剣〉の刃を構え、鋭く問う。

「わたしは〈六英雄〉の魔導師ディールーダ――」

と、司祭は慇懃に頭を下げた。

「――ロゼリア・イシュタリス様の魂を、いただきに参りました」

「……っ!?」

瞬間。虚空から出現した光の鎖が、リーセリアの四肢を拘束した。

そして――

「……くっ、あ……ああああああああああっ!」

リーセリアの悲鳴がほとばしる。

焼けるような激痛が、彼女の全身を苛んだ。

「最上位の神聖魔術――〈聖王光輪〉、不死者にはよく効くでしょう」

司祭は穏やかな笑顔を浮かべ、ゆっくりと近付いてくる。

「さて、〈女神〉の魂を、いただくとしましょうか――」

「……どう、して……そのこと、を……？」

苦痛の中、リーセリアは鎖を断ち切ろうと必死に足掻く。

「無駄ですよ、不死者では、その鎖は決して解けません」

司祭の手が、リーセリアの身体に伸ばされる。

（レオ君……！）

と、その刹那。

ザンッ――！

リーセリアの影から飛び出した何かが、司祭の腕を斬り飛ばした。

「……な、に……!?」

血のようにほとばしる〈虚無〉の瘴気。

「――我が友の眷属に触れるな、下郎が」

影の中から現れたのは――

一人の青年だった。

美しい漆黒の髪と、爛々と輝く黄金の目――

「あ、あなたは……？」

「俺は漆黒の暴帝――ブラッカス・ヴァルカーク」

訊ねるリーセリアに、彼は答える。

「我が盟友レオニス・デス・マグナスの求めに応じ、馳せ参じた」

あとがき

——お待たせしました、志瑞祐です。

『聖剣学院の魔剣使い』14巻をお届けいたします！

復活した〈不死者の魔王〉との最終決戦。〈叛逆の女神〉の語る、すべてのはじまりの物語。〈桜蘭〉の地で出会った意外なあの人。そして世界を滅ぼす存在となった、最強の〈六英雄〉などなど、物語のクライマックスに向けていろいろ詰め込んだ今巻でしたが、いかがでしたでしょうか。楽しんでいただければ幸いです！

さて、この14巻が発売される頃には、聖剣学院（略称※せまつか）のアニメの放送も佳境を迎えている頃かと思いますが、原作読者の皆さんは、もうご覧いただけましたでしょうか。僕は毎週リアタイして、配信で同じエピソードを何周も観るくらい楽しんでいます。レオニスが、リーセリアが、レギーナが、咲耶が、エルフィーネが、シャーリが、ブラッカスが、動いて喋って、大活躍しています！

聖剣学院のアニメは、キャラクターの可愛さやカッコよさはもちろんのこと、背景美術やメカデザインのこだわりも素晴らしく、第一話のラストで〈第〇七戦術都市〉が現れるシーンは、まさに息を呑む美しさでした。

素晴らしいアニメにしてくださって、監督の森田宏幸様、脚本の岡田邦彦様をはじめ、プロデューサーさん、パッショーネのアニメスタッフさんには、本当に大感謝です！

最終回まで盛り上がっていきますので、ぜひぜひ最後まで観てくださいね！

また、アニメに関連して、リーセリアのフィギュアなど、各種グッズも展開中ですので、こちらもチェックしてみてください。


謝辞です。

今回もとてもお忙しいスケジュールの中、最高の表紙と挿絵を描いてくださった、遠坂あさぎ先生、本当にありがとうございました！

〈吸血鬼の女王〉なリーセリアさんも素晴らしいのですが、ここにきて、とうとうロゼリア様が本気を出してきた感がありますね。

遠坂あさぎ先生は、なんとアニメ最新話の放映のあとに毎回X（旧Twitter）にて、とんでもなくハイクオリティなイラストを描いて下さっていて、毎週とても幸せな気分に浸っています。遠坂あさぎ先生が原作の挿絵を手掛けられている、同クールのアニメ『豚のレバーは加熱しろ』も絶賛放映中なので、そちらもぜひよろしくお願いします。

『聖剣学院』の漫画版を描いてくださっている蛍幻飛鳥先生も、いつも本当にありがとうございます。現在進行中のエピソードは原作5巻部分ということで、セクシー&カッコいいエルフィーネ先輩がたくさん堪能できますね。最新コミック8巻は、12月発売予定なので、こちらもぜひチェックしてみてください。

そしてなんと、蛍幻飛鳥先生も、アニメ放映のあとに毎回X（旧Twitter）にて、描きおろしイラストを発表して下さっています。もう幸せすぎますね。

さて、15巻ではレオニスの師である〈剣聖〉のエピソード、そして、〈異界の魔神〉とクリスタリア公爵の計画が明かされます。そして今回、囚われの身となってしまったレオニスの妹弟子、アルーレの運命やいかに!?

――それでは、また次の巻でお会いしましょう！

二〇二三年十一月　志瑞祐

「聖剣学院の魔剣使い」
原作版リーセリア 1/7スケールフィギュア
予約受付中！

Anime

TVアニメ2023年
10月より絶賛放送中!!

聖剣学院の魔剣使い

The Demon Sword Master of Excalibur Academy

少年の姿に転生した最強魔王による
超無双ファンタジー

作品公式
X(Twitter)
はこちら!

アニメ
公式サイト
はこちら!

月刊少年エースで
大好評連載中！

聖剣学院の魔剣使い

Demon's Sword Master of Excalibur School

原作｜志瑞祐
漫画｜蛍幻飛鳥
キャラクター原案｜遠坂あさぎ

角川コミックス・エース
コミック1～7巻 絶賛発売中！

ファンレター、作品のご感想をお待ちしています

あて先

〒102-0071　東京都千代田区富士見2-13-12
株式会社KADOKAWA　MF文庫J編集部気付
「志瑞祐先生」係　「遠坂あさぎ先生」係

読者アンケートにご協力ください!

アンケートにご回答いただいた方から毎月抽選で
10名様に「オリジナルQUOカード1000円分」をプレゼント!!
さらにご回答者全員に、QUOカードに使用している画像の無料壁紙をプレゼントいたします!

■ 二次元コードまたはURLよりアクセスし、本書専用のパスワードを入力してご回答ください。

http://kdq.jp/mfj/　パスワード　**2yxuh**

●当選者の発表は商品の発送をもって代えさせていただきます。
●アンケートプレゼントにご応募いただける期間は、対象商品の初版発行日より12ヶ月間です。
●アンケートプレゼントは、都合により予告なく中止または内容が変更されることがあります。
●サイトにアクセスする際や、登録・メール送信時にかかる通信費はお客様のご負担になります。
●一部対応していない機種があります。
●中学生以下の方は、保護者の方の了承を得てから回答してください。

MF文庫J

聖剣学院の魔剣使い14

2023年11月25日　初版発行

著者　志瑞祐

発行者　山下直久

発行　株式会社KADOKAWA
〒102-8177 東京都千代田区富士見2-13-3
0570-002-301（ナビダイヤル）

印刷　株式会社広済堂ネクスト

製本　株式会社広済堂ネクスト

Printed in Japan　ISBN 978-4-04-683079-1 C0193

◇◇◇